TRÉ
SAL

Éditions de l'Ogre, 2025
Typographie de couverture : Florian Cochet
Studio d'édition : Abble
ISBN : 978-2-37756-231-2

Diffusion-distribution : Harmonia Mundi
www.editionsdelogre.fr
Éditions de l'Ogre
110, rue Réaumur, 75002 Paris

Les ogresses sont ces fictions vivantes, joueuses et palpitantes, ancrées dans notre époque, qui se nourrissent de l'imaginaire contemporain pour créer des mythes et des archétypes nouveaux.

Ce sont des fictions badasses à l'image des romans de Gabriela Cabezón Cámara ou de Céline Minard.

Marie Cosnay

LE TRÉSOR DE BALLANTRAE

Éditions de l'Ogre
collection ogresses

Liste des personnages principaux

ZZ, Zelda Zelda, ex-policière, ex-détective privée.
ZZ, Ziad Zerdoumi, fonctionnaire, DGSE, Paris.
Le goéland.
Madame Maisel, directrice de Caradoc.
Nelly, amie de Zelda Zelda.
Ariel, le chien.
Orondegui, Oron, inspecteur, à Caradoc.
Beroco, Bero, Ber, inspecteur, à Caradoc.
Nathalie, Nath, inspectrice, à Caradoc.
Florence, Flo, inspectrice, commissariat xxe arrondissement, Paris.
X, directeur des opérations à la DGSE (la piscine), DCE, Paris.
Anonyme, CIA (la Compagnie), Langley.
Robert Louis Stevenson, in *Le Maître de Ballantrae*.
Le Maître, James Durrisdeer
Henry Durrisdeer, Mylord, son frère.
Le vieux lord, leur père.
Secunda Drass, ami du Maître.
Ephraïm Mackallar, intendant d'Henry Durrisdeer.
Milady, Alison Durrisdeer, femme des deux frères, tour à tour.

Catherine et **Alexander Durrisdeer**, fille et fils d'Alison et Henry Durrisdeer.

Burke, Irlandais, compagnon du Maître, puis colonel, puis chevalier.

Dutton, pirate.

Albany, contrebandier, marchand d'esclaves, chercheur de trésors.

Anderson, marin inconnu.

Sir William Johnson, diplomate.

Ron Mackallar, retraité, Plattsburgh.

Aida Mackallar, sa femme, Plattsburgh.

Smithson, leur ami, joueur d'échecs, Plattsburgh. Ex agent de la CIA. Recruté ici par le CLUB.

JJ, Johnson Johnson, avocat, membre démocrate de la chambre basse de l'Assemblée de New York, Albany. Ex agent de la CIA, recruté par le CLUB.

Blanchett, commissaire, Plattsburgh.

Dick Hannegans, inspecteur au commissariat de Plattsburgh.

Famille Watson.

Hans Keller, agent recruteur à la CIA, retraité.

Mury Clyde, suicidé de Cumberland.

AA, Adison Anderson, personnage mystère.

Ethan Anderson, son jeune frère, personnage mystère.

I-

I was lost.

1

Fin de l'été 2023, le Canada, la Grèce et la Kabylie ont vu partir en fumée des hectares et des hectares de forêts – en Grèce, huit fois Paris, disent à Paris ceux pour qui Paris est la mesure de tout. Fin de l'été 2023 : l'Espagne et la Grèce ont reçu tornades et masses d'eau boueuse déboulonnant les ponts après canicule, sécheresse et incendies. On m'apprend ici à *changer de regard :* à le diriger vers les arbres du parc du château de Caradoc. Des magnolias et cèdres du Liban, classés remarquables, les racines au sol dessinent un pays. Peu importe le ciel – qu'il soit gris ou bleu roi, sous les feuilles. Au lieu d'un pays en crue et flammes, je cherche la *petite image* où me réfugier. Je ne la trouve pas, bien sûr.

J'écoute les histoires des pensionnaires qui partagent le goût des arbres et se laissent guider vers le chemin de *la petite lumière* à entretenir au fond de soi, quel que soit le nom qu'on lui donne : ici on ne se méfie de rien. La nuit, je rêve d'histoires aussi remarquables que les arbres, alors que les matins se succèdent, neufs, dépourvus d'événements, lavés de suspens, passifs comme on m'explique qu'il faut tenter de le rester.

Je ne sais quel aiguillon pointe pourtant, sous l'apparente tranquillité. Je crois, alors que le ciel atlantique et changeant fait ce qu'il sait faire de mieux, se lever, s'obscurcir tour à tour, alors que les racines immenses du magnolia, s'étendent sans limites sur le terre-plein qui n'en peut plus, je crois savoir que quelque chose va venir.

Ici, on m'appelle communément Z – drôle de zèbre, dit Nelly. Un jour, à l'accueil du château, devant le parc de Caradoc aux sentiers, sources, rond-point aux magnolias, un jour, il faut dire lequel pour retenir de la durée au moins une menue aspérité, le 5 septembre 2023, quelqu'un a demandé Zelda à l'accueil.

Mes parents m'ayant gratifiée du prénom qui est aussi leur et mon patronyme, je ne sais si la personne qui me cherche est suffisamment intime pour demander Zelda ou Zelda, de mon nom d'ex-commissaire du XIXe arrondissement parisien, d'ex-privée ratée d'un peu partout en Europe et de présente résidente de Caradoc. On ne m'a trouvée ni dans ma chambre ni dehors. Je doute qu'on m'ait réellement cherchée. L'homme qui me demandait était *confus*, c'est l'adjectif utilisé. L'homme venait-il de ma vie passée, celle des enquêtes malheureuses et des retentissants échecs ? On ne m'a pas appelée, expliqué-je à Nelly le lendemain. Qui caressait la tête des poneys du parc, se fichant complètement du type qui avait demandé Zelda et portait un chapeau haut de forme.

Dire que tout aurait pu s'arrêter là, dans le parc du château. Calme, je poursuivrais la quête de *la petite image* du fond de moi.

En réalité, je ne tenais pas en place.

Je ne tenais pas en place n'a aucun rapport avec ce qui s'est passé deux jours plus tard. Aucun état d'esprit n'a le pouvoir d'influencer à ce point les événements. Le temps filait sans retenir la succession des jours. Il laissait la place à ce que voici : un homme d'un certain âge, parlant un français maladroit, cherchait Zelda à Caradoc sans préciser si c'était pour raisons personnelles ou professionnelles. Il portait un chapeau haut de forme démodé et boitait légèrement. C'est ce que j'avais à me mettre sous la dent. Je cherchais mon téléphone sous le matelas, sans succès. Dans la salle de bain et les chambres des filles, sans succès. Il avait disparu.

Le surlendemain, Caradoc a connu de nouveau une visite incongrue. Cette partie de l'histoire est controversée et je dois à la vérité de rappeler que j'étais seule, ce jour-là, surlendemain du 5 septembre 2023, au moment de la visite qui a changé notre vie à toutes : la mienne et celle des filles de Caradoc, Nelly en tête. Celle de tous les protagonistes de l'affaire du *Trésor de Ballantrae*, comme on l'a appelée. J'avais accompagné Nelly à l'écurie, nous allions nourrir les poneys, patientes comme nous l'étions devenues – quoi qu'après l'annonce de la première visite du chapeau haut de forme, en vérité, je n'aspirais plus qu'à retrouver mon téléphone, ma liberté et mes chers soucis. Nelly semblait coupée en deux, sa part de Caradoc luttait contre l'autre, que je ne connaissais pas mais que je découvrais taillée pour l'aventure. Il faisait nuit, la nuit basculait vers l'aurore, quelques nappes plus claires balayaient l'horizon dégagé. Le portail faisait une forme floue et compacte. Nous sommes entrées dans l'écurie pour flatter les poneys ; Nelly s'est souvenue qu'elle avait laissé dans sa chambre ce qu'elle voulait me montrer : elle revenait dans un instant. Elle a installé la lampe torche sur son front, on a ri parce qu'elle déplaçait avec elle un halo rond comme une bulle d'eau. Je me suis retournée vers le portail qui luttait pour rester la forme compacte et obscure qu'il avait été durant la nuit.

C'est à ce moment précis du crépuscule. Je me suis frotté les yeux. J'ai distingué, détachée derrière la forme sombre du portail de bois, la dépassant de haut, une deuxième forme. La lumière négligeait l'horizon pour se concentrer sur le front de celui qui attentait au portail. Nul besoin de lampe torche devant la chevelure blonde et la couronne radieuse que faisait maintenant le soleil rouge autour du visage apparu.

Nelly n'est revenue, son album de photographies sous le bras, qu'après le départ du visiteur.

Combien de temps a duré notre conversation ? Je n'en ai aucune idée. Je me suis approchée, posant des questions conventionnelles, les réponses ont fusé, telles que je ne saurais les répéter. Le jeune homme, dont les traits, sous les longs cheveux d'étoupe, étaient distingués, venait me chercher, disait-il. J'étais interdite. Il n'était qu'un émissaire, disait-il encore : je venais ou ne venais pas ? Qu'il soit bien clair pour moi qu'il n'en avait rien à faire. Je restais, je partais, au temps pour moi. Il se mettrait en marche, que je le suive ou pas. Il avait fait un long chemin, il était fatigué, il s'en retournait.

Il a joint le geste à la parole. Il chantait, dos à moi, une ballade folk. Abasourdie, je l'ai hélé, de manière à couvrir la chanson : je ne comprends pas ce que vous voulez. Il a eu la bonté de faire quelques pas vers moi, je l'ai trouvé beau et effrayant. Par-dessus le portail, il m'a tendu une lourde enveloppe, il était tout sourire. Vous avez raté le coche aujourd'hui, a-t-il dit, moqueur. Derrière le sourire, je sentais une sorte de tendresse. De nostalgie ?

I saw you walking by the other day
I know that you saw me, you turned away
And I was lost

Tandis que Nelly me montrait, dans le foin, les photos du passé, dont elle aurait dû se débarrasser, je ne pensais plus qu'au garçon aux cheveux de paille qui avait marché vers moi depuis un lieu inconnu que j'imaginais lointain.

Les jours qui ont suivi, j'ai confondu l'image floue d'un vieil homme boiteux portant un chapeau haut de forme avec celle d'un garçon blond et lumineux. Je caressais l'enveloppe que ce dernier m'avait remise, sans l'ouvrir. Je retardais le moment, hésitant devant ce qui serait peut-être un caprice, un élan irrépressible, tout à fait le genre de chose qui m'avait conduite ici, auprès de Nelly, des poneys, des personnes qui nous engageaient à l'oubli et des arbres remarquables. Je n'hésitais pas, que cela soit clair: j'attendais. Je retardais.

2

Georg Ludwig, parent éloigné de la reine Anne d'Angleterre, monta sur le trône à l'âge de cinquante-quatre ans, en 1714. Il passait devant une bonne poignée de parents plus proches qui avaient eu la mauvaise fortune de naître catholiques. La loi d'établissement, votée par le parlement en 1701, garantissait la succession de la couronne aux membres de la famille protestante de Georg, liée aux Stuarts. Tout ça pour éloigner du trône Jacques III, chef du parti jacobite. Georg Ludwig devint George Ier et des révoltes éclatèrent dans les Highlands, Jacques le jacobite exaltant, de loin, depuis l'exil, ses bandes et ses hommes, parmi eux le bien nommé Mar. Celui-là regroupait, dans les hautes terres, les chefs de clan pour les inviter à une partie de chasse contre les hommes de George. Aux hommes des hautes terres, habitués aux conditions difficiles des déserts montagneux, où les hivers descendaient jusqu'à moins trente, on joignit des Irlandais, catholiques comme les jacobites de l'exilé. Les montagnes vertes, trouées de taches de bruyère, dévalaient vers les lochs et la mer des Hébrides. Le nord des terres d'Écosse tomba sous les assauts des dix mille hommes de Mar. Quant au vieux Jacques, il ne tenait plus vraiment debout et quand il arriva en Écosse, pour assister aux batailles du sud, il était trop tard : il n'eut pas l'occasion de se réjouir. Mar, au mois de novembre, comprit au cours de la bataille de Sheriffmuir que son armée, plus nombreuse que celle de l'ennemi, n'en pouvait plus. Le vieux Jacques choisit de laisser les Highlanders, qui l'avaient défendu, à eux-mêmes, au froid de l'hiver neigeux, à leur déception et à des errances de loin plus périlleuses que celle qui le ramenait, vieux bonhomme, en France, lieu de son séjour de réfugié catholique. Bien sûr l'armée, qui n'avait jamais été très organisée, à présent décomposée, pleine d'un désespoir porteur de colère, brûla quelques villages avant de remonter vers ses terres, ses côtes, les flancs de ses montagnes, ses pics, ses corniches et ses couleurs. On voyait tituber, pris d'alcool, quelques soldats dégingandés, prêts à tout.

Que notre attention se porte sur deux d'entre eux : ils font marche commune, à cheval, vers le loch où embarquer pour les îles Hébrides. Que faire dans la déroute ? Eh bien, celui qui garde aux lèvres un sourire étrange propose une course à cheval, c'est quand même pas le moment, dit l'autre qui est irlandais et blessé à l'épaule, une éraflure, comment on nous a traités, ici en Écosse, et votre Jacques qui nous a laissés tomber – celui du sourire écossais répond qu'il n'est, quant à lui, ni plus catholique que toute l'armée qui lui a fait face ni plus pieux qu'un troupeau de moutons des montagnes du Nord. Enfin, que l'autre galope sans tarder : il n'y a pas moins patient que lui dans tout le royaume. L'Irlandais, tout blessé qu'il est, refuse qu'on lui donne des ordres, ce à quoi l'Écossais répond qu'il faut résoudre l'épineux conflit, galoper ou ne pas galoper, par un duel. Les deux hommes vaincus de l'armée jacobite descendent de cheval en même temps. Nous n'entendons pas qui, de l'Irlandais ou de l'autre, qui ne se départ pas d'un sourire vicieux, propose qu'on tire au sort le destin de leur équipage : pile, ils se font bons amis et on ne parle plus d'ordres ni de course ; face, ils se battent à mort. On voit bien que l'Écossais a l'habitude de jouer la vie et la mort à pile et face. L'Irlandais aussi, peut-être, mais contre son gré : il soupire légèrement, cachant des sentiments que des mois de guerre l'ont déjà obligé à cacher. Pile. Les deux hommes se serrent la main, remontent sur les chevaux, il n'y a plus de temps à perdre, Jacques a pris un bateau, fuyant vers la France, on va essayer d'en faire autant. Les deux hommes chevauchent toute la nuit et quand l'aube se lève, en bas, tout en bas, elle dessine un halo gelé sur la mer sombre. La chance, c'est qu'on distingue un bateau, non loin de la plage de sable fin : il attend. Peut-être pas pour longtemps. Il faut descendre de cheval, donner un coup sur la croupe des bêtes, espérant qu'elles rejoignent d'autres errants ou highlanders décidés à rentrer à la maison, à se fondre dans la masse. Puis les deux hommes entament, en contre-jour, lumière montant dans leur dos alors qu'ils s'accrochent aux pierres et aux rares végétations, la descente de la falaise jusqu'au sable. Le bateau s'appelle la *Sainte-Marie-des-Anges*. À ce moment-là de l'histoire il serait bon que l'un de nos deux personnages, celui au sourire pervers ou l'autre, désabusé, fasse remarquer au capitaine, irlandais comme l'un de nos amis, quel est l'état calamiteux de la révolte et annonce les réfugiés, moins rapides, qui remontent en ce moment même, eux aussi, vers le nord, qu'ici, en contrebas du grand Minch, il est encore possible d'attendre.

Personne ne fait mention ni de la révolte, ni de ses perdants, ni de ses retardataires, le capitaine ne pose pas de questions et le bateau appareille.

L'Irlandais, que nous appellerons Burke, prie dans sa cabine et prie sur le pont. Ce bon jacobite irlandais se retrouve en butte aux moqueries de l'autre, que le jeu de monnaie lui a donné pour ami et que nous n'avons pas nommé encore.

Un mécréant dans un bateau dirigé par un capitaine dont la moindre des choses est de dire qu'il est peu inspiré, voici ce que ça donne, pense Burke, qui ne renonce pas aux prières.

Le soir même, les vagues prenaient le bateau d'assaut, quelques pauvres hères moins habiles que nos deux héros, réfugiés, au nom de l'Irlande de l'un d'entre eux, dans la cabine du capitaine, tombaient, du pont, à l'eau : on voyait les épaules s'enfoncer et, encore une fois, puis une autre, des bouches sans cri descendre dans les creux, revenir à flot, on voyait des yeux sans espérance puis on ne voyait plus rien, ni bouches ni yeux. Trois hommes seuls remontent à bord, glacés. Ils ne seront plus jamais les mêmes : ils ont vu le trépas, ils sont revenus de ce dont on ne revient pas. L'un se met à chanter à voix basse. On ne lui accorde aucune attention. Comme les autres rescapés, il grelotte. Ceux du bateau, accrochés aux cordages ou repliés dans les cabines, comme Burke et son camarade écossais, ne veulent rien savoir. C'est ainsi avec les naufrages : qu'on y reste ou qu'on y échappe, on garde le silence.

Ce n'est pas fini. La tempête soulève la *Sainte-Marie-des-Anges* à la verticale, la proue crève des nuages qui ne se font pas prier, le capitaine donne des ordres inutiles, il faut quitter le lit du vent mais le vent fait des surprises, qui vient des quatre points cardinaux si bien qu'on se croit, même protégés comme nos deux malins dans la cabine du capitaine, dans une sorte de face à face divin. Jonas est sur le bateau – ou qui que ce soit d'autre avec qui Dieu ira jusqu'au bout. Le héros anonyme se moque de l'autre, Burke, qui prie. Se moque aussi du capitaine, irlandais, et pour la peine, de l'Irlande tout entière – c'est un démon, pense Burke qui à l'instant du danger, sans doute ultime, aime les démons, la Terre, le ciel, les alliés, les ennemis, Jacques et George et tout ce qu'on peut bénir quand on n'a plus rien à bénir. Deux matelots tombent à l'eau, puis quelques passagers qu'on ne compte pas, les corps chutent sans qu'on les remarque, on ne voit pas leurs yeux d'effroi monter descendre s'éloigner suivant la houle parce que la houle est comme le vent, sans direction, elle avale ce qu'on lui donne. Le ciel est dans l'eau et la mer aux étoiles, une étole, un linceul, et comble du comble : ces éclairs qui zèbrent le ciel que Burke ne voit pas. Leur grondement provient des gouffres marins comme des altitudes, chose purement inimaginable. Si Burke se bouche les oreilles, c'est moins contre l'orage que contre le blasphème. Trois jours. Trois jours et trois nuits dure la tempête. On a perdu les plus courageux. À l'aube du quatrième jour, le capitaine irlandais, qui n'est pas un modèle de délicatesse, pleure sur le pont comme un gamin, Burke près de lui prie, rend grâce, ses lèvres remuent vers le ciel revenu. L'Écossais, toujours le même, a tiré de son uniforme un jeu de cartes et sur la table de la cabine du capitaine fait des réussites sans s'émouvoir des pleurs, des craintes et des joies nouvelles : on a passé l'épreuve, le destin n'était pas pour nous, maintenant à nous l'oubli, à nous le jeu et à nous le silence.

Ce n'est pas fini. La terreur, quand on voit un petit galion approcher. Il vient droit sur la *Sainte-Marie-des-Anges*. L'embarcation qui s'en détache, ramant vers Irlandais et Écossais vaincus et survivants, est remplie d'hommes aux cicatrices cinématographiques, cheveux attachés dans le dos, bras musclés tatoués, couteaux entre les dents, celles qu'il leur reste. Leur chef les a d'or et il rit, à les montrer toutes, encourageant ses matelots à prendre d'assaut la *Sainte-Marie-des-Anges*.

Les Irlandais prient une nouvelle fois, on se doute que notre Écossais est à la fête et on apprend qu'un bon mot sauve la vie. Le très croyant Burke, devant l'assaut, au capitaine des pirates, celui au rire d'or, lance : si vous êtes l'enfer, j'ai trouvé pour vous Satan : désignant l'Écossais à ses côtés, qui, calme toujours, saute immédiatement à bord de l'embarcation pirate, ne craignant ni hommes d'équipage ni chef. Le spectacle est terrifiant : Burke y assiste, que le chef des pirates, Teach, en un élan, a tiré vers lui sur son rafiot. Un bon mot est un bon mot, l'homme nous servira. Après avoir dépouillé les rares survivants de guerre et de tempête, la bande menaçante et totalement ivre obéissant aux ordres de Teach les envoie à présent sous les eaux, et dieu qu'il est long, alors, le temps de mourir, les corps s'accrochent aux planches auxquelles on a mis le feu, l'immensité avale de tout petits hommes dont les têtes s'immergent au fur et à mesure et filent à la dérive. Burke, de loin, sidéré, abasourdi, n'en perd pas une miette. Teach exige qu'il chante, alors il chante et ce qu'il chante se tord dans les ciels merveilleusement bleu roi et glacés. Une sorte de prière tordue dont Burke pense qu'elle va le perdre une fois pour toutes et c'est ce qu'il y a de mieux à espérer. Mais rien ne perd Burke ni son compagnon écossais qui, il le répète, et on le voit, n'a peur de rien, surtout pas de la mort. Nos deux héros boivent moins que l'équipage mais participent, qui se battant, qui chantant pour amuser la compagnie, aux assauts des navires de rencontre. Ils les dépouillent de leurs richesses et de leur rhum, les envoient aux enfers sous-marins dont, pense Burke, nous avons là deux capitaines, ou deux chefs, ou deux rois, ou deux Sheitan – comme on voudra.

Un matin, très tôt, Teach n'a rien trouvé de mieux que de se trémousser sur le pont en un spectacle auquel jamais Burke n'avait pensé assister. Il a peint ses joues de goudron, de sang son front, de sanie son torse et il dévore du verre pillé en hurlant des ordres contradictoires. Il tue pour le geste, théâtralement, deux de ses hommes d'équipage, leur arrache l'or des dents qu'il avale en glouton. En voilà assez, dit soudain Satan l'Écossais. Il renvoie à l'anonymat, sans autre forme de procès, du haut de son autorité mystérieuse, le grossier capitaine Teach. Teach est mort, qu'on le passe par-dessus bord.

L'Écossais prend la direction de l'équipage. Personne ne proteste. Pendant des mois, il ordonne, à l'abordage, on dépouille les navires et s'enrichit. Le propre d'un butin, c'est qu'on le veut toujours plus gros. Navire après navire, on joue le jeu de *la planche à la mer* et cela ne cesse pas. Parfois simplement pour un peu de whisky ou de tabac.

Jusqu'au jour où, après un de ces actes de piraterie dûment dirigés par notre Écossais, alors qu'on choisit les prisonniers qu'on garde et ceux qu'on envoie aux enfers, on en distingue un, écossais. Il répond au nom d'Anderson. Le garçon est jeune, il a de nombreux grains de beauté sur une peau tavelée par le soleil atlantique, et une fragilité peu commune. Il ne cesse, quand sur le pont, soir après soir, boivent et chantent les marins, de fixer le Maître, puisque c'est ainsi qu'on appelle le Satan écossais. Jamais le Maître ne fait preuve avec le garçon gracile de la moindre cruauté. Il se passe trois mois, c'est Burke qui a compté, avant qu'un de ces mêmes soirs de beuverie sur le pont, Anderson, toujours sobre, finisse par lancer au Maître, sans le quitter des yeux : et dire que vous êtes mort.

Le compagnon de Burke ne répond pas tout de suite. L'étain noir de son regard pourrait clouer sur place chacun des pirates passagers et prisonniers convertis. Il omet de ficher son œil perçant sur Anderson qui vient de parler.

Après un temps interminable pour tous : veuillez laisser les morts où ils sont, mon jeune ami. Anderson fait profil bas. Les autres aussi, à qui le capitaine, terrible, s'en prend à présent.

3

Non, ce n'est pas une lettre qui vante les tempêtes divines ou démoniaques s'abattant sur les bateaux du XVIIIe siècle que Zelda a reçue. Ce n'est pas une lettre racontant les hauts faits de la piraterie en Atlantique nord. Avec Nelly, complice à présent, on est dans la grange aux pottocks et on délibère.

Cependant que dans le Sud marocain un tremblement de magnitude 7 a ravagé des trésors centenaires, de nombreuses maisons, des familles entières dont les rares survivants cherchent, en fouillant de leurs ongles, les corps de leurs enfants sous les décombres, deux mille neuf cent quarante-six morts, dit-on, puisque c'est aux chiffres qu'on donne la parole ; cependant qu'en Libye les inondations ont arraché et balayé le 10 septembre 2023 digues, ponts et infrastructures, provoquant, puisque c'est aux chiffres qu'on donne la parole, deux cent cinquante mille sinistrés et dans la seule ville de Derna plus de vingt mille morts qu'on ne sait comment enterrer, Zelda et Nelly sont assises dans la grange, jambes croisées. Devant elles, le contenu de l'enveloppe – soit quelques feuillets à ordonner. Depuis qu'un homme confus à l'accent anglais a demandé, coiffé d'un haut-de-forme, Zelda à l'accueil de Caradoc, depuis qu'un jeune homme dépenaillé, aux traits fins, au nez droit, à l'allure digne sous ses haillons, qui a parlé si mal et chanté si fort, s'est approché du portail de la grange aux pottocks dans le petit matin montant, Zelda n'a reçu aucune nouvelle sollicitation. Les messagers se sont succédé, puis se sont faits discrets, si bien qu'on se demande si on n'a pas rêvé.

Les différents feuillets précautionneusement glissés hors de l'enveloppe forment une sorte de carnet de recherche. Ils sont éparpillés sur le sol de la grange. Ici, des demandes d'informations à l'administration centrale de la police nationale française, depuis les États-Unis. On est passé par Interpol, l'orientation parisienne d'arrondissement en arrondissement n'a rien donné, comme la quête auprès de différents genres hospitaliers. On a cherché Zelda partout. Qui l'a cherchée ? Ce premier courrier, du 28 février 2023, vient de Plattsburgh. Un avocat signe la demande de recherche internationale, il s'appelle Nathan Bud. Zelda, qui y va à la loupe, se demande s'il ne faut pas lire *Bird*. Le siège d'Interpol à Lyon finit par répondre, ce n'est pas de leur ressort. Il faut croire que les manoirs de campagne, où il est question d'effacer les vies anciennes, ne sont pas si protecteurs que ça puisque après beaucoup d'échecs, un enquêteur privé déniche Zelda, Caradoc et la baie atlantique.

Alors Nathan Bud ou Bird a disparu et c'est à un certain Johnson Johnson, on n'invente rien, que la réponse est envoyée, par l'agence Prometheus. À Plattsburgh ? Dans l'enveloppe tendue par le visiteur mystère à Zelda, dans le matin qui se levait, on ne lit aucune information supplémentaire sur Nathan, Bird, Bud, Johnson ou qui que ce soit d'autre.

Nelly caresse le cou du pottock qu'elle appelle Number One. C'est flippant, dit Zelda. Une idée commence à germer même si on n'échange pas une parole de plus.

Plattsburgh, c'est où ?

Inutile de se casser la tête pour retrouver l'état d'esprit, à ce moment précis, de Zelda et Nelly. Il en est des deux épisodes, celui du chapeau, celui de l'enveloppe, comme de surprises totales situées dans une part, une part seulement, du temps et de l'espace. Les épisodes déclenchent ce qu'on attend toujours de la vie : la suite. Les poneys hennissent.

Zelda fait un rêve : les gestes à faire pour étriller au mieux, à la paille, Number One et Number Two et elle, elle ne voit, à terre, que l'éclat d'ivoire d'une dent qui lui est tombée. En tombant, la dent s'est divisée en deux. On discerne précisément les deux petites parties blanches, aiguës, incisives. Le rêve est sans fin :

un dentiste remplace la dent mais tout recommence à l'identique, deux morceaux se détachent dans sa bouche avant de tomber au sol. Précautionneusement, quelqu'un venu du passé ramasse les deux morceaux, les expose au creux de sa main puis insulte le dentiste : il fallait cimenter la dent à la gencive à l'aide d'une sève dont, au réveil Zelda a perdu le nom.

Il faut prendre les virages, quelles que soient les conséquences. Nelly prend le temps de nourrir Number Two et peu importe ce qui viendra. À Zelda un courrier est tombé du ciel. Elle est prête.

Toutes les deux pensent : jamais deux sans trois. Elles attendent une nouvelle occurrence de l'appel. Quelqu'un viendra, une fois encore, pour attirer Zelda, et Nelly suivra, sur le chemin de l'aventure.

On se laisse faire dans l'immobilité douce, seul le ciel varie, et les couleurs des feuilles des arbres. Sur les magnolias et les rhododendrons, des bourgeons grossissent. Il pleut à verse le matin et en tout début d'après-midi, déjà, le ciel s'écrase sur les troncs, libérant une lumière surnaturelle. Z ne cherche plus son téléphone, mais dans la salle commune elle fait des recherches : Plattsburgh est une ville du nord de l'État de New York. Elle n'y connaît personne, rien ne l'y attire, c'est une énigme totale – et c'est le risque des énigmes totales : malgré l'excitation, Plattsburgh peut s'éloigner. Le chagrin tremble dans la gorge de Z, s'accroche sans se décider au bord de ses paupières. Dans le ventre, enfoui, il est un lac profond, aux eaux plissées.

Zelda à Nelly : j'attends un signe.

Elle rêve le retour du garçon impoli. Il la hante la nuit. Elle l'appelle. Que me veux-tu ? lui dirait-elle. Qui est Nathan Bud ou *Bird* ?

Lundi 18 septembre, coup de fil à l'agence Prometheus. Qui est le mystérieux dénicheur qui l'a livrée, si c'est le mot, à Johnson Johnson ? À sa troisième tentative Zelda parvient à parler à quelqu'un.

Personne n'aurait dû me trouver.

C'est un métier.

Un certain JJ, ça vous parle ?

Ce qui me parle est cher.

Les principes du métier.

Si ça vous fait plaisir.

Doit-on tenir une conversation sur ce qui me fait plaisir ?

Restons-en là.

J'ai besoin de tout ce que vous pouvez trouver à propos de Johnson Johnson à Plattsburgh.

Zelda répète ce que son correspondant lui dicte : jeudi 5 octobre, 14 heures. 20 rue de la Cour-des-Noues, Paris XXe. Je demande Alistair. Alan Alistair. Comme quoi, quand on veut.

Il y a cette effervescence. La nuit, Zelda cherche *l'image*. Celle en laquelle, au fond de soi, se réfugier quand on veut calmer la donne, multiplier ses forces. Elle ne trouve rien. Puis, au bord du sommeil, la silhouette d'un jeune homme dans le miroir, ses cheveux d'or ou de paille, l'auréole qu'il porte dans le crépuscule du matin. À sa droite, le rideau enfle doucement, parce qu'elle a laissé la fenêtre entrebâillée. L'air porte la nuit et le souffle. C'est tout.

4

À Caradoc, on ne s'en remettra pas. Le château était cerné des flammes, venues de loin, comme jetées par les pins entourant le parc protégé, elles se transmettaient de cime en cime et de massif de bruyères en massif de bruyères, le sol relançait les feux souterrains contre lesquels les pompiers, déployés, ne pouvaient rien. Puis les flammes ont atteint les arbres remarquables, ceux dont les racines ont plus de cent soixante-dix ans, elles se sont enroulées autour de leurs corps tortueux.

30 septembre, le ciel n'en démord pas, bleu sombre comme une pièce dure d'étain, fournaise comme les sols jonchés d'aiguilles de pins et de bogues de châtaignes, fournaise contre fournaise, bouche contre bouche. Puis les flammes touchent le château ; sa charpente s'embrase, les pompiers jouent contre la montre, bientôt on ne pourra plus quitter les lieux. On a réuni les pensionnaires devant le portail pour les exfiltrer. Madame Maisel sera la dernière à quitter le navire ; à cette heure de flammes hautes dont elle respire les fumées étouffantes (sa robe mouillée d'une chaleur poisseuse collée au corps, les filles

autour d'elle comme autant d'oiseaux, mes colombes dit-elle), elle a fait son choix. S'il doit en rester une, ce sera elle. Un vague souvenir la perturbe. Les hypothèses viendront plus tard, quand on fera les comptes et pleurera les pertes. Qui manque à l'appel : Zelda et Nelly ? Ces deux-là ont toujours fait bande à part. Il est trop tard maintenant. On ne peut plus pénétrer dans les chambres aux fumées âcres : l'escalier de bois de chêne a pris feu.

Madame Maisel revient pourtant sur ses pas. Juchée sur une marche que le feu attrape déjà, elle appelle à grands cris : Zelda, Nelly, Zelda, Nelly ! Rien. Pour la dernière fois, elle reçoit l'ordre de descendre et saute, sans un cri. La voici dans une des ambulances qui se sont frayé un chemin jusque-là.

S'éloignant, sous les sirènes, Madame Maisel, allongée, aura bientôt une vision.

Les deux poneys, auxquels dans la panique on n'a pas pensé, se sont détachés, ils courent libres, loin des bois et des flammes. Elle n'a pas oublié Zelda et Nelly, dont les corps gisent maintenant dans une des chambres inaccessibles. Elle n'a pas oublié les comptes de Caradoc et si enquête il y a, elle en répondra, en capitaine. Les chiffres, les poneys disparus, les corps carbonisés, non identifiables, de Nelly et de Zelda : elle va des uns aux autres, sans repos.

Un jeune homme, blond, cheveux d'étoupe, visage d'ange, sourire en contraste, sarcastique. Il se tenait à la porte du domaine endommagé, comme n'ayant peur de rien, ni des flammes ni du démon. Madame Maisel pense *démon*, plus tard elle se demandera pourquoi. C'est la pièce manquante, le souvenir cherché depuis le début. Aux policiers, elle hésitera à parler du jeune homme. Peut-être n'est-il que le fruit de son imagination influencée par ce qu'elle a entendu ? Un garçon mystérieux avait porté des documents à Zelda et l'attitude de celle-ci changeait par la suite. La *vision* lui appartient-elle en propre ? Quel est le rapport entre ce jeune homme, l'incendie, et la disparition de Zelda et Nelly ?

Les policiers travaillent dans les salles du château. Zelda et Nelly ont bel et bien disparu. On bat le parc et les forêts alentour. On interroge les résidentes, toutes en état de choc. Toutes ont confiance en l'habilité des deux absentes : elles se seront sauvées à temps, on les retrouvera saines et sauves. Une responsable signale un appel récent de Zelda, passé de la salle commune, on lui a donné un rendez-vous. Paris, XXe, on a la date, le lieu, le nom, Alan Alistair, des fois que.

Et ceci : un matin, alors que j'admirais le lever du soleil à l'est, entre les pins maintenant roussis, j'ai surpris Zelda près de l'écurie aux poneys, quelque chose à la main. Une silhouette s'éloignait. J'ai pensé à une amourette, je l'ai signalé. Nous refusons d'être intrusives. Vigilantes, pas intrusives.

Un avis de recherche est lancé : un jeune homme en haillons aux cheveux de paille et deux jeunes filles, l'une brune, l'autre rousse. Bus, routes, trains, le déploiement policier est considérable, tandis que les recherches se poursuivent dans le château et son parc. Les corps ont-ils pu ne laisser aucune trace ? L'équipe de la police scientifique, de blanc vêtue, a parcouru les chambres, les pièces communes, maintenant elle délimite les lieux, entre l'écurie et les bois, où les filles ont pu être saisies par les flammes. Aucune piste n'est écartée. À ceci près : manquent les deux poneys mais la brigade de Caradoc n'en fait aucun cas. Madame Maisel ose insister. Elle est un peu sonnée, pense l'inspecteur Orondegui. Quant à un certain Alan Alistair, les recherches ne donnent rien. On fait appel aux collègues parisiens du commissariat du XXe arrondissement.

5 octobre, à 14 heures, au 20 rue de la Cour-des-Noues. Alan Alistair.

Des poneys sont retrouvés au niveau du passage du chemin de fer de Liposthey, sur la route des Grands Champs.

L'agent forestier à l'inspecteur chargé de l'enquête de la disparition des deux filles : c'est tes bêtes ?

Façon de parler.

Elles ont parcouru plus de cent kilomètres sans s'arrêter, au galop. L'une des deux va y passer.

L'inspecteur Orondegui souffle, à l'autre bout du téléphone.

Vous avez des pistes ? demande encore l'homme aux poneys.

Rien du tout. On voudrait que Paris rapplique.

Qu'est-ce qu'on fait des poneys ? L'un est chez le véto, l'autre dans une écurie. Ils sont des pièces à conviction ?

Orondegui, le front luisant, a chaud comme en plein été. Qui l'a agacé avec cette histoire de pottocks ? La directrice du château. S'il se rêvait inspecteur de roman, il est trop fatigué, il le comprend alors. Il interrogera de nouveau cette femme un peu hautaine, la Maisel.

Les poneys, répond-il en retard au garde champêtre de Liposthey, des pièces à conviction ? Il n'y a jamais pensé comme ça. Je te rappelle, vieux. Dit-il en raccrochant. Aussitôt, il se demande pourquoi cette familiarité improvisée – il n'en est pas coutumier. Il appelle, dans le bureau voisin, Beroco : une visite à Liposthey pour prendre sur les poneys tout ce qu'on peut d'ADN, OK ? Quelqu'un avec toi, qui tu veux, bougez-vous.

On se bouge ?

Oui, dit Orondegui qui farfouille sa tignasse noire, on se bouge. On a des idées, de l'enthousiasme.

Il explique à Beroco : les poneys et les filles s'entendaient bien.

Beroco esquisse un sourire.

Pas la peine de rire, Ber. Le garde champêtre, lui, comprend ces choses-là. Réinterrogez la folle, la Maisel, et zou, aux poneys. ADN et tout ce qui servira. Et surtout, revenez avec une vision, Ber.

Il parle très lentement, détachant les syllabes. Jamais le chef n'a parlé de vision. Le jeune Beroco hésite.

On ne croit pas aux visions, chef.

Est-ce qu'il s'agit de croire ?

Je voudrais bien savoir ce qu'on cherche.

Vous nous l'apprendrez.

Paris est en attente sur la ligne 2.

Signe du menton à Beroco, qui fait, pour plaisanter, un garde-à-vous moqueur.

Si le dialogue avec Zerdoumi, ex-commissaire, s'est révélé passionnant, à présent Orondegui est pour de bon dépassé. Être dépassé lui donne de l'élan, on dirait. Il a fait un café, s'est redressé sur son siège, a pris des notes. Zelda, de son nom de famille Zelda, était de la maison. Rien ne peut davantage déstabiliser Orondegui. Elle a démissionné il y a quelques années, s'est installée comme détective privée, ça n'a rien donné. Zerdoumi l'a bien connue mais ne savait rien de sa retraite à Caradoc.

L'incendie est-il accidentel? a demandé le fonctionnaire parisien.

On a deux poneys et un garçon chevelu qui traînent, a répondu Orondegui. C'est tout.

Je monte dans un train, a dit Ziad Zerdoumi.

Beroco n'a pas perdu de temps. Madame Maisel était disposée à parler. Elle porte un chignon gris, quelques cheveux bouclés s'en détachent, elle a entre cinquante et soixante ans. Elle est belle, pense le policier. Elle boite légèrement. Elle accepte d'être enregistrée.

Notre montage financier est en cours d'étude. Vous savez ce que c'est. Petit rire clair. Suivi d'un sanglot. On devait faire nos preuves. Oui, les deux filles étaient un peu à part. Notre mission, commence-t-elle. Ses yeux s'embuent. Enfin, je.

Beroco lui tend un mouchoir. Elles soignaient les poneys, Number One et Number Two. Surtout Nelly. Elle sourit. On ne demande pas leurs antécédents aux filles mais nous sommes vigilantes, il se trouve qu'on apprend des choses.

Beroco a lu les premières déclarations, il se souvient de ce mot, *vigilance.*

Ni l'une ni l'autre n'a de famille connue. Elles ne recevaient aucune visite : c'est d'ailleurs ce qu'on recommande. Recommandait.

Elle renifle. Bero prend note. Il l'encourage.

Les dernières semaines, il s'est passé des choses. Je vous ai parlé d'un garçon aux cheveux de paille.

Une vision, c'est un peu maigre.

La semaine d'avant cette maigre visite, Zelda en a reçu une autre. Je vous ai écrit ici le nom de la personne à l'accueil qui a reçu l'homme sans nom. Je n'ai pas cru bon de conseiller qu'on dérange Zelda. L'homme était coiffé d'un haut-de-forme démodé et avait un accent anglo-saxon. C'est tout ce que je peux dire.

C'est plus que ce que j'espérais, remercie le jeune homme.

Les Lagestroemia sont encore en fleurs et les magnolias ont des bourgeons dignes du printemps. C'est, en descendant du train, ce que constate Ziad Zerdoumi, de la DGSE, ancien commissaire d'arrondissement. Il y a quelques jours, les anciens collègues : dis donc, un truc va t'intéresser. Oui, le truc l'a intéressé. Il a lancé des recherches sur Prometheus, une agence privée, et sur un certain Alan Alistair.

Il attend à présent l'inspecteur Orondegui. Il fait quelques pas dans le hall, puis à l'extérieur, où le soleil frappe. Que faisait Zelda à Caradoc ? Il tire sur sa cigarette électronique. Un homme lui fait de grands signes : on ne peut pas se garer – qu'il rapplique ! Ziad jette son sac dans le coffre, se plie sur le siège avant de la Clio de son homologue, tend la main mais l'homme, déjà en marche arrière, jure.

Ziad Zerdoumi, enchanté.

Ils n'échangent pas une parole de plus avant d'être dans le bureau d'Orondegui, qui veut faire les choses avec rigueur. Ce dernier vérifie que son brigadier a transmis l'enregistrement de l'entretien avec la Maisel et qu'il est parti vers Liposthey en quête d'une vision et de deux poneys. La porte se ferme ; nous ne faisons que l'imaginer, mais sans doute Ziad s'assied-il en face de l'inspecteur.

Nous allons les quitter, tous, provisoirement. Ziad Zerdoumi, l'inspecteur Orondegui, le brigadier Beroco, les poneys, le garde champêtre de Liposthey, les responsables, les pensionnaires logées dans la ville voisine quand les familles ne sont pas encore venues les chercher, leur directrice, Madame Maisel.

5

La terre était proche. Le port d'attache aussi. Comment éviter d'être arraisonnés au port, puis emprisonnés, alors qu'on devinait aisément qu'après des mois à attaquer des navires sur les grands chemins océaniques, nous étions forcément recherchés ? Le Maître avait une idée. L'équipage devait être ivre mort. Dutton, qui connaissait les chemins secrets dans les marécages où nous aborderions, ainsi que moi-même, son fidèle Burke, suivrions ses conseils : ne buvez pas d'alcool si vous voulez la vie sauve. Les oiseaux des terres tournoyaient au-dessus de nous et nous faisions semblant, sur nos couchettes, de cuver notre vin.

Je m'inclinais devant les stratégies du Maître même si elles consistaient en des actes que j'aurais réprouvés avant que le hasard ne me lie, pour cause de déroute jacobite, à cet homme que non sans un frisson d'excitation j'appelais *démon*. La terre était proche mais il faudrait faire vite. Nous abandonnerions l'équipage à son ivresse.

Nous avons soulevé la planche, dans la cabine du Maître, qui protégeait le trésor. Le navire était muet comme une tombe. Tous les trois avons embarqué dans la yole nous menant discrètement à terre, terre peut-être inhospitalière mais loin du port et des hommes qui nous y attendraient. Dutton nous a soufflé de nous taire. Les quelques cris de mouettes qui maintenant rasaient la surface plissée et obscure de la mer se mêlaient à la légère frappe des avirons contre les flots calmes. Nous nous sommes allongés au fond de la yole. La chance était avec nous : une brume s'est levée, qui nous a enveloppés d'une cape de fortune ; à la dérive et silencieux comme trois morts, nous allions. Voici le moment de la deuxième chance, il confirmait que le démon était de la partie. Et que contrairement à ce que j'avais pensé tout au long de ma vie, il tenait, outre les rênes de l'autre monde, celles de la vie terrestre, la seule que je connaissais et à laquelle je découvrais que je tenais de plus en plus. Notre deuxième chance ? Un buisson, en réalité une sorte de rocher couvert d'algues et de plantes marines, que le bec de la yole a heurté.

Nous grimpons dessus, tous trois, tirant, en un effort commun, le trésor amassé et volé aux hommes de la *Sarah*. Nous nous plaquons au sol. Il faut attendre. Que la brume se dissipe ? Non, notre Dutton (comment le Maître a-t-il su que Dutton était homme à se déplacer dans les marais et sous le noir du ciel ?) devine les contours du rivage proche. Il faut attendre que les officiers et soldats, qui s'emparent de la *Sarah* et de nos camarades sans défense, découvrent l'absence du trésor et l'évasion des trois forbans que nous sommes. Nous ne bougeons pas, statufiés sous les vols d'oiseaux. La brume se lève et comme les miracles ne durent pas, le croiseur est toujours là, nous le voyons depuis notre cachette de végétation : il ne semble pas prêt à appareiller. Vont-ils se mettre à notre recherche ? Nous décidons d'agir. Chacun de nous va porter tour à tour le trésor, c'est-à-dire notre âme. Nous nous glissons, sous un soleil de plomb, dans l'eau, nous nous encourageons à avancer, d'ici, où nous avons pied, jusqu'au rivage. Quand les eaux sont hautes, nous laissons faire notre meilleur nageur, Dutton, colis précieux devant lui tandis qu'il bat doucement l'eau de ses pieds. Le terrain, quand l'eau descend, est marécageux, il s'agit de tâter, d'un pied d'abord, le sol. Les moustiques ne nous laissent aucun répit ni les végétations qui nous fouettent visage et buste.

Un cri : c'est Dutton. Il a pris de l'avance, a reconnu le sentier qu'il cherchait. Il s'est juché sur une hauteur et nous montre la route, en guide enthousiaste. Sa barbe dégouline d'eau de mer. C'est mon tour, je porte le sac précieux. Dans sa joie d'avoir trouvé le sentier à emprunter, Dutton fait preuve d'une demi-seconde d'imprudence. Il a levé le pied, l'a posé sans se méfier, le pied s'enfonce dans les marécages que nous craignons depuis le matin et qu'il est le premier à connaître et à nous permettre d'éviter.

Je suis au mauvais endroit, donnez-moi un coup de main.

Il sourit. Je suis paralysé lorsque le Maître répond : on s'en fout. Dutton dégaine son pistolet et le Maître enchaîne : je plaisante, enfin ! Le démon avance prudemment, je pense que prudemment ou pas, à lui rien ne peut arriver, jamais il ne mettra le pied *au mauvais endroit*, selon les mots mêmes de Dutton. Je ne sais si c'est l'horreur pour ce qu'il représente ou l'admiration qui s'est fait la meilleure place en moi. Ce que je sais, c'est que le Maître avance, que Dutton a perdu sa méfiance et que moi, je suis statufié. Le Maître dit à Dutton : tendez-moi les deux mains mais ces deux mains, il ne les prend pas. Il profite de l'instant pour, d'un coup rapide, poignarder notre guide désormais inutile puisque le sentier est à quelques pas. Dutton bascule la tête la première dans la vase, on n'entend pas le cri car sa bouche se remplit immédiatement d'une boue noire et bientôt, on ne voit plus que la bosse que fait son dos et je sais que c'est fini. Je pense que c'est fini pour moi aussi, car en quoi serais-je utile au Maître avec mes genoux qui tremblent et cette lâcheté à toute épreuve ?

Pour l'amour de Dieu, me crie le Maître, qu'avions-nous besoin de lui, un trésor partagé en deux vaut mieux qu'un trésor partagé en trois. Sur le calcul, il n'a pas tort, c'est ce que je parviens à articuler avant de le suivre.

Avançant sous la nuée d'insectes qui m'accompagnent, portant au cœur l'allégresse d'être vivant et distingué de l'ensemble des mortels, je pense : OK, il avait besoin de Dutton pour dire la route. Mais pas de moi qui n'ai jamais une idée neuve. C'est donc par amour ou fraternité jacobite qu'il veillera à mon salut. Voici les pensées avec lesquelles je réussis à rejoindre, derrière notre Maître, le sentier.

Le sentier, c'est beaucoup dire. Nous longeons l'estuaire, de dunes en dunes. N'est pas Dutton qui veut. Voyager au ouï-dire n'est pas le plus simple. Et nous faisons, épuisés comme nous le sommes, sales et débraillés, quelques rencontres. La première, c'est sur le sable, où nous nous reposons, trésor déballé, pour le cœur à l'ouvrage, entre nous deux. Un Indien curieux nous observe, immobile. Nous prenons la fuite, après avoir ramassé notre bien. L'Indien est un jeune garçon plus hébété que nous. La deuxième rencontre nous offre une possibilité, nous ne la laissons pas échapper et j'ose dire que cette fois l'Irlande et l'Irlandais que je suis font le boulot. Nous nous perdons de crique en crique. Celle-ci, plus étroite que les autres, est protégée par de hauts pans de rochers de schiste. Un bateau, construit aux Bermudes, me dit le Maître, est encalminé là. Quelques marins mangent autour d'un feu. Ils nous expliquent qu'ils n'ont pas intérêt à naviguer tout de suite : la *Sarah* est en vue. Nous sommes épatés par notre réputation, que nous ne savions pas si grande. Nous les rassurons : nous en sommes des fuyards, pas pirates pour deux sous mais jacobites, comme il se doit. Ils se moquent de notre pauvre Charles et à la mode irlandaise, je prie le capitaine de nous prendre à son bord. Nous voici désarmés : qu'il fasse de nous ce qu'il voudra. Son bord n'est pas un bord plus moral que le navire pirate, ce capitaine-là fait de la contrebande et quelle meilleure marchandise clandestine que des hommes, à mener, des Indes à l'Europe, en esclavage ? L'homme rentre à présent au pays, près de New York.

L'homme : appelons-le Albany, du nom du port d'où il venait et où il retournait. Il se méfiait de nous comme nous nous méfiions de lui. Comme je me méfiais de mon ami, le Maître. Impossible que l'aventure finisse bien pour Albany, avec cet homme-démon à son bord. Nous étions sur l'Hudson, et le plan, payé fort cher, le prix d'une partie de notre trésor, prévoyait qu'il nous laisse au port. De là nous nous débrouillerions pour franchir les frontières et rejoindre les établissements français.

Mais il faut évoquer l'Hudson, Dieu et les Indiens.' L'Hudson était paisible. Bien plus majestueux que tout ce que nous avions vu jusque-là. Ses eaux ne semblaient que surface, leur air de ne pas y toucher, de n'avoir besoin de rien d'autre que d'elles-mêmes. Rien à voir avec l'océan, ses états d'âme et humeurs changeantes. Le ciel était à l'intérieur du fleuve, et lui, le fleuve, peut-être, était au ciel. Je priais Dieu. Je priais Dieu pour les péchés du Maître et pour les miens. Dieu m'écoutait, si le Maître se moquait. À travers les feuillages qui bordaient les rives les plus étroites de l'Hudson, nous allions paisiblement, ravis de bientôt nous séparer de notre trafiquant d'esclaves qui rentrait au bercail. Au quatrième jour de notre arrivée dans l'embouchure, au petit matin, nous assistâmes à un drôle de pèlerinage. Des Indiens longeaient le fleuve, portant sur leurs épaules, d'homme en homme, des filins auxquels pendaient des scalps d'hommes et de femmes. Finies, les grandes eaux et la noblesse de l'Hudson. Nous dûmes bifurquer.

Les cascades, les bretelles d'eau, les bras de mer entre les mers, les bras de fleuve, c'est après avoir abandonné notre Albany, sur le canot d'un Indien qui s'offrit comme guide, que nous les empruntâmes. C'était reparti pour des sols marécageux et des moustiques en nuées. Nous portions le vieux canot sur nos épaules quand l'eau était trop basse et toujours, à tour de rôle le protégeant, notre trésor. Je remerciais Dieu. Fourrés, fondrières, rochers, précipices, nous franchîmes tout.

Avez-vous des frères, me demande un jour le Maître, abruptement.

J'en ai cinq, je réponds, et les larmes me viennent aux yeux.

Le Maître lève un sourcil puis éclate de rire. Gêné, je lui retourne la question.

J'en ai un, me dit le maître.

Et de l'air le plus cruel qui soit : il me paiera tout ça.

Je n'étais pas prêt à plus de confidences. Les ciels qui se succédaient me remplissaient de joie malgré l'état nerveux et la faim inhumaine qui ne tarderait pas à me faire délirer. Le ciel chaque matin était piqueté, derrière les feuillus, d'un rouge sombre, obscur, virant peu à peu au violet. Jamais on n'avait vu plus de bretelles d'eau, de lacs glacés reflétant les eaux vert foncé du ciel, de monts qui n'avaient rien à voir avec la stature ou la hauteur ou les capacités d'un homme ; je tendais les mains vers les cimes, remerciant et glorifiant la terrible, nouvelle et inhumaine beauté du monde. Peut-être étions-nous déjà morts ? Lancés dans un monde dont nous n'avions pas l'idée ? Si nous souffrions à présent du froid, de la faim, les insectes nous fichaient la paix.

Vous êtes complètement sonné, dit le Maître devant mon visage béat. Nous sommes perdus. Nous ne savons pas où est Crown Point, où les Français ont un fort dans les bois, et la nuit, pendant que vous dormez comme un benêt, les loups hurlent à la mort. Je tirais malgré ses remontrances une légère supériorité de mon humeur égale. Quant à lui, il jouait notre destination en lançant une pièce de monnaie en l'air. Face, cette cascade, pile, ce bras de rivière. Il ne connaissait aucun autre moyen, disait-il, d'exprimer son mépris complet pour la raison humaine. Il avait des yeux injectés de sang.

Taisez-vous, il murmure. Taisez-vous, il répète. Devant nous, des troncs d'arbres, abattus. En bas, le précipice. Le terrain n'est pas aussi accidenté que ça : le ravin n'est qu'à quelques mètres au-dessous de nous. Des Indiens, torse nu, délibèrent. Du parti anglais ? Du parti français ? Le Maître tire sa pièce de monnaie et je lui jette un regard noir. Je prends une décision que mon nouvel enthousiasme ou mon courage neuf m'inspirent : je vais laisser là le Maître, le trésor qu'il porte et le canot. Pour m'en aller seul, à l'aventure. Que le démon œuvre en démon. Sommes-nous morts ? Peut-être. Lui, du moins, tout le monde le croit tel : le frère dont devant moi il a juré la perte, sa femme, dont il n'a parlé qu'une fois, son père et tous les jacobites.

Et Anderson, ce drôle de marin blond, sur la *Sarah* : je m'en souvenais soudain.

Moi seul sais où j'ai laissé le Maître, au milieu des Adirondacks et des Indiens, trésor considérable volé sous le coude, canot encombrant à porter sur les épaules, en main quelques pièces de monnaie pour tracer ce qu'il lui reste de chemin, et à dire vrai, peu de chances de salut.

6

La brume est dense, à couper au couteau. Il s'agit d'avancer. Aucune des deux filles ne parle. Sans se donner le mot, elles ont grimpé, dans la nuit, sur le dos des petits chevaux qui ont sauté le portail trop haut pour eux. Les filles serraient les genoux contre les flancs des bêtes au galop. Bientôt, elles ont vu les flammes. Elles quittaient les lieux et les lieux se rappelaient à elles : une lumière splendide, faite d'atomes de chaleur, en bouquet, rayonnait dans leur dos. Elles se sont retournées, buste droit sur les petits chevaux. L'obsession était de trouver les sentiers perdus, ceux que personne n'emprunterait. Rien ne fait repère, ni les temps ni les lieux, ni le prénom qu'on porte ni l'histoire qu'on a. La chevelure de Zelda, dans les flammes au loin, dans la nuit noire, brille de rousseur. Feu sur feu. Nelly frissonne, mais pas de peur. Elle est soumise à l'évidence. Pour bifurquer, on a bifurqué ; elle remercie le ciel. On va éviter les routes les ponts, les ronds-points et les villages. Elles se regardent dans la lumière des flammes qui ont suivi l'envol. D'une pression des pieds, elles appuient sur les flancs des petits chevaux qui se braquent d'abord. Nelly se penche et caresse la crinière de Number

One, l'encourage, lui parle à l'oreille. On s'enfonce dans les bois, un bras de fleuve est à notre gauche avec ses barges abandonnées accrochées à des pontons tout aussi abandonnés, quasi invisibles. Comme si la nuit ne suffisait pas, il y a cette brume, qui crée, dans l'aveuglante obscurité, de minuscules perles ou pointes de brillance perdue. Un souvenir du ciel. C'est de toute éternité, s'il y a une éternité, qu'on se sauve, dans la brume, suivant un fleuve ou un bras de fleuve inconnu. Comme appelées par quelque chose d'aussi inconnu que ce fleuve et ces terres traversées. Et si à chaque étape les poneys fatigués, le vent, la brume qui plane sur la nuit ou le ciel dévoilé du petit matin nous soufflent *non, pas ici, ce n'est ni l'heure ni le temps de s'arrêter*, notre certitude n'est jamais ébranlée : quelque chose nous attend de l'autre côté.

Quand elles ont levé le camp, salué Caradoc pour toujours, le geste précédait tout. Elles fuyaient les flammes sans les connaître. Ce qui étonne le plus Zelda, qui se repose dans les fougères et les plumets tandis que Nelly s'occupe des chevaux, c'est qu'elles ont agi d'un même élan, sans un mot pour se mettre d'accord. On repart, les bêtes reposées, on évite les ombres des chasseurs de faisans apprivoisés qui se planquent dans la nuit et la brume qui ne se lève pas et c'est tant mieux. Le fleuve était abandonné et maintenant les berges sont boueuses, les sabots des poneys s'y enfoncent ; quand les filles mettent le pied à terre, les chevilles aspirées, elles avancent pesamment.

Le jour s'est levé, lumineux, les chevaux tentent leur chance seuls, on a confiance en eux. Ils vont rejoindre la route, peu importe pour eux que les ponts et les routes nationales soient surveillés, à l'instinct ils trouveront une écurie hospitalière. Les filles ont déniché une barque amarrée, deux pagaies, au bout d'un ponton branlant et vogue la galère, sous le soleil de plomb de cette fin de mois de septembre. Les rives et les eaux se confondent et Nelly somnole quand Zelda enfonce les rames dans les eaux à présent turbulentes. Parfois on lutte contre les flots, le souffle court.

Quand les montagnes enneigées se présentent à nous, nous avons déjà vaincu les courants, nous en sommes sorties indemnes, mouillées jusqu'à l'os. Ah, les mini cascades charriant les branches et détritus que le fleuve reçoit. Parfois nous hélons, comme si de rien n'était, les vacanciers qui font du rafting et les promeneurs des berges aménagées. Nous nous frottons dans les herbes sèches un peu loin des rives, la nuit, pour ne pas nous trahir.

C'est le moment de changer de programme. Bifurquer encore, passer à la vitesse supérieure.

Cette fois, comme en un matin qui serait le premier, Zelda y voit clair. Bien sûr elle n'en dit rien, il va falloir jouer serré.

Orondegui fait face à Ziad Zerdoumi, dans son bureau. La baie vitrée en face de laquelle est installé le bureau de l'inspecteur offre une vue dégagée. Là-bas, à peine visibles dans le bleu délavé, ce sont *les Jumeaux*, dit le chef de la brigade qui passe une main dans ses cheveux noirs et broussailleux, sans regarder, comme blasé, les deux monts, le ciel, la vue.

Quand visite-t-on ce qui reste de Caradoc ?

Nos hommes ont protégé la zone. Ils s'attaquent au parc, à l'heure qu'il est, répond Orondegui, dont le téléphone sonne.

Ber, j'écoute ?

Ber n'y connaît rien en poneys. Les techniciens de la police scientifique des Landes ont relevé sur les corps déjà étrillés des bêtes des restes de feuilles accrochées aux crinières, et cette terre aux sabots, qui a séché, que le brigadier de Liposthey a été bien inspiré de demander à conserver telle quelle, sait-on jamais. Ils vont faire étudier la terre, le gars d'ici qui s'y connaît dit que c'est de la boue, or il ne pleut pas depuis des mois. Donc ? relance Orondegui.

Donc je sais pas. Ils ont dû patauger quelque part. Normal quand on fuit un incendie, non ? Les bestioles, c'est pas idiot.

Orondegui ne répond rien de ce qui lui vient à l'esprit à propos d'idiots et d'idiotie ; il raccroche, attrape ses clefs de voiture, précède ZZ dans le long couloir qui, de sas en sas, mène au parking, derrière le bâtiment moderne.

Deux ans à peine, commente le chef de la brigade et on a un champignon sur la façade : il montre des traces grises sur les murs.

L'humidité ?

Orondegui fait oui de la tête et montre le ciel éclatant en cette fin de mois de septembre. Ziad pour monter dans la Clio de l'inspecteur plie ses longues jambes. Il a vu les images sur son téléphone : à Manhattan, les crues ont explosé les canalisations. Les hommes pris jusqu'à la taille dans les eaux usées remontaient des sous-sols. Il tire sur sa cigarette électronique. On gare la voiture, Ziad suit le guide. Tous les deux sont arrêtés par les policiers à l'entrée du parc. Oron et Z montrent leur plaque sans un mot.

Coup de fil pour Ziad, qui s'excuse : on enverra Flo. À tout'.

Ils marchent l'un derrière l'autre, Ziad le premier, prudemment, tentant de ne pas compliquer la tâche de la police scientifique. Soudain il s'arrête. Ce qu'il reste du château.

Les écuries ?

Plus loin.

À la lisière de la forêt, les vestiges des arbres remarquables font des statues tortueuses, des formes abruptes qu'on dirait de plomb. Certaines ont des mains à lever aux cieux. Mais ZZ ne regarde qu'à ses pieds. L'écurie est partie en cendres. Quelqu'un leur crie de se tirer, il y a des reprises de feu. ZZ tend sa carte, remercie, avance vers la ruine. Puis lève les yeux vers les pins roussis, ce que son guide appelle *la lisière*. La ruine est peut-être à cinq cents mètres des bois. Il évalue les distances, l'élan qu'il faut à des poneys pour sauter par-dessus la barrière disparue. Le sol est roux mais parfois, ici ou là, s'accroche le vert de jeunes fougères. Z s'accroupit à mi-chemin de la ruine et du début de la lisière et touche le sol brûlant. Les traces, s'il y en avait, ont disparu. Encore que : il plonge un doigt dans une sorte de creux noirci par les flammes et gratte précautionneusement, de l'ongle. La terre est meuble. Débarrassée de sa pellicule séchée par les flammes, l'empreinte est profonde. Ziad siffle, pouce et index dans la bouche. Orondegui s'approche, perplexe. On fait une photo de l'empreinte.

Il faut savoir à quel point le poids d'une bête et d'une fille peut pousser dans la terre meuble d'avant l'incendie.

Orondegui est un peu découragé. Ziad continue à gratter. Jusqu'à la lisière, au-delà. Les traces confirment ce qu'il soupçonne.

Zelda est dans un bus. On est le 2 octobre, lundi matin. Elle s'est lavée dans le fleuve à Bagnères, a échappé à Nelly qui dormait dans les fourrés secs. À Lourdes, elle monte dans le TGV. Elle a caché ses cheveux roux dans un foulard. La vie bascule, et fait le travail. Zelda ne faisait qu'un avec Nelly, on le sait, elle le sait encore, même si à présent elle file seule à Paris. Elle se réveille alors que le train entre en gare à Montparnasse.

À l'hôtel, le soir, à la même heure ou à peu près, Ziad reprend la conversation téléphonique laissée en suspens tout à l'heure dans le parc de Caradoc : il existe bien une agence Prometheus, mais pas rue de la Cour-des-Noues. Quant à Alan Alistair, c'est un parfait inconnu. Z s'en serait douté mais il hésite un peu avant d'informer Orondegui. C'est à Flo, à qui il doit tant, qui l'a remplacé à la tête du commissariat du xxe qu'il parle : me ferais-tu une faveur, encore une ?

Elle ne résiste pas.

Le 5, à 14 heures, rue de la Cour-des-Noues. On ne sait pas ce qu'on attend mais voici qui on cherche.

Il envoie un portrait de Zelda. Des années auparavant, les cheveux roux dégringolaient sur ses épaules nues. On devine l'océan devant elle, les yeux clairs sont plissés dans le soleil. Elle sourit au photographe.

Message reçu.

Une pointe d'amertume dans la réponse formelle de Flo.

Ziad s'endort d'un sommeil sans rêves et une poignée d'heures plus tard appelle Orondegui qui fait preuve d'une patience à toute épreuve – et qui de toute façon est insomniaque depuis qu'il est veuf.

Convoquons la directrice, ainsi que la personne qui a pris note du rendez-vous, en ce jour de *vigilance*, quand Zelda était au téléphone. OK, dit Orondegui qui pense que ça va passer moyen. Il précise qu'il a envoyé aux spécialistes équestres de Liposthey la photo du trou dans la terre brûlée, avec les mesures approximatives : cette trace en profondeur indique-t-elle que le poney était monté quand il enfonçait ses sabots dans la terre sèche et meuble d'avant l'incendie ? Ziad se fend d'un remerciement rapide. Il descend prendre son petit déjeuner.

Les deux femmes sont interrogées ensemble. L'adresse, insiste Ziad, tandis qu'Orondegui dessine sur une feuille de papier des végétations improbables. L'adresse du rendez-vous : comment l'avez-vous eue ? Puis dans un désordre calculé :

Aviez-vous pour mission de surveiller les pensionnaires ?

Il n'attend pas de réponse.

Les pensionnaires étaient-elles libres de quitter le château ?

Sans cette liberté, Zelda aurait-elle pu recevoir de la visite ?

Vous voulez dire : des tentatives de visites ?

Maisel baisse les yeux.

Concentrez-vous sur ma première question : l'adresse.

C'est moi, dit la femme qui accompagne Madame Maisel.

L'employée a noté, comme elle l'a déjà expliqué, l'adresse du rendez-vous, rue de la Cour-des-Noues. Elle pleure dans un mouchoir brodé.

À ce moment-là, Orondegui, un peu gêné parce qu'il ne voit pas où tout cela nous mène, s'agite. Son téléphone portable, posé sur son genou droit, a vibré. C'est un SMS de Liposthey : les analyses de la boue des poneys sont arrivées, rappelez au plus vite.

Il fait signe à ZZ.

Finissons-en, dit celui-ci. Zelda a répété à voix haute une adresse qu'on lui dictait et ce faisant, l'a notée sur un morceau de papier ? C'est ça ?

Acquiescement.

Vous l'avez notée à votre tour ?

C'est ce que j'ai dit.

À quelle distance d'elle étiez-vous ?

À trois mètres, je dirais.

Elle n'hésite pas.

Zelda parlait-elle à voix basse, comme pour ne pas être entendue ?

La directrice s'en mêle : chez nous les pensionnaires se sentent libres.

À voix basse ou non ?

Normale, je dirais.

Normale comment ?

Normale – j'ai entendu.

Elle n'a donc rien caché ? Qu'a-t-elle fait du papier ? Les deux femmes se regardent en silence. Orondegui frappe du poing sur la table.

Qu'a-t-elle fait du papier ? C'est une voix normale, ça ? Il crie.

Elle l'a laissé sur la table, à côté du téléphone.

C'est tout pour nous. Mesdames, vous pouvez y aller.

Orondegui a mis le haut-parleur. Le technicien est assez excité. On a trouvé sur les sabots des poneys des extraits d'une flore et d'une faune étonnantes. Des déjections de visons.

De visons ?

Ziad lève les yeux au ciel. Orondegui gratte son crâne chevelu.

Des feuilles de saule. De la vase dans laquelle sont broyées des miettes de feuilles de chêne.

Ça nous avance ? demande Ziad à Orondegui. Orondegui répète, coupant la parole au technicien : à quoi ça nous avance, tes saules et tes visons ?

On a une hypothèse. Vous connaissez les Saligues ?

Orondegui fait des yeux ronds.

Ils prennent la voiture, quelques heures plus tard marchent dans ce qui ressemble à s'y méprendre à des marais. C'est le lieu-dit des Saligues, une réserve d'observation de la faune et de la flore. Notre technicien n'a pas encore étudié la photo de l'empreinte du sabot dans le parc de Caradoc, ce qui fait qu'on tâtonne un peu : combien de chances pour que les filles aient fui le feu sur le dos des petits chevaux ? Les loutres et les visons, les saules et les chênaies, c'est ici. Orondegui jure, Ziad avance, on ne dérange aucune bête, sauf les insectes, à cette heure matinale.

Ah si, quelqu'un. Devant le seul ponton qui soit : l'homme fait face à une île minuscule où est perché un héron. Il porte des bottes de pluie et fait des gestes de ses mains – inutiles puisqu'il est seul au monde, ou jusqu'ici le croit.

Vous tombez bien, on a volé ma barque ! J'entretiens le parc, explique-t-il, elle était amarrée ici, pas la meilleure prise du monde, elle était pas de première jeunesse.

Ziad s'est écarté. Il fait signe aux deux hommes de rappliquer, il leur montre le sol meuble.

C'est pas des visons, ça, dit Orondegui en riant.

L'agent forestier ne comprend rien.

Ce sont des traces de sabots. De chevaux.

OK, les gars, mais pour ma barque ?

Suivons le fleuve, dit Ziad, retournant à la voiture.

Ils courent, levant les genoux, éclaboussant leurs pantalons de la boue précieuse des Saligues.

7

Tout de suite après la découverte d'une Nelly morte de froid dans des vêtements mouillés, tout près des sources du fleuve, Ziad se pose des questions. Rattraper Zelda ? Il salue cordialement Orondegui, je vous laisse à l'incendie et à la Maisel. Il monte dans un train.

Il va rester à Montparnasse jusqu'au soir, longeant les quais, montrant sa carte professionnelle à de jeunes agents débordés. Pas de Zelda.

À Flo, au téléphone : il sera là demain avec elle en embuscade, rue de la Cour-des-Noues.

16 heures le 5 octobre : ils sont restés deux longues heures dans la voiture banalisée devant l'adresse que Zelda a donnée. Bien sûr, il ne s'est rien passé. Pas d'entrée de service, pas de porte secrète. Maintenant, Flo pose une main sur la cuisse de Ziad.

La crème du café dessine un cœur, on préférerait ne rien en boire du tout pour conserver le dessin parfait. Ziad prend la main de Flo, la ramène sur la table.

Un incendie à Tenerife vient de faire treize mille déplacés.
Criminel ? elle demande.
Il hausse les épaules. Crime partagé, il pense.
Zelda a disparu, dit-il à la place.
Flo : vas-y.

Elle reçoit deux visites coup sur coup. La deuxième de ces visites, Orondegui n'y croit pas, c'est peut-être un délire de la mère Maisel et de ses employées. La nuit, au portail aux chevaux, un homme lui donne une enveloppe.

Ziad fait une pause, boit une gorgée de la crème de son café.

Par ce portail les filles vont fuir avec les bêtes, juste avant l'incendie.

Il montre la photo de l'empreinte sous la couche brûlée de la végétation.

Et ceci : Zelda a passé un appel, on lui a donné rendez-vous ici, à 14 heures, aujourd'hui. C'est tout ce qu'on a.

Flo réfléchit. Vibre le téléphone de Ziad.

Orondegui : Nelly a parlé. Elles sont parties avant les flammes, elles n'ont rien compris, tout était étonnamment calme.

Abrégez, dit Ziad.

Vous êtes bien assis ?

Allez-y, Oron.

Il est question de quelqu'un qui cherche Zelda, porte un nom d'oiseau et vit dans l'État de New York.

Flo a écouté la conversation. Un nom d'oiseau. L'État de New York. Un homme dans la nuit. Elle essaie un sourire ; c'est une demi-grimace.

Je sais, dit Ziad, dont le visage se ferme.

Il commande un whisky.

Flo souffle : tu es en service ou pas ?

Les grands moyens, propose Flo qui voudrait bien retourner à ses dossiers, qu'elle a donnés à sa collègue à charge de revanche. Les aéroports, les ports, un signalement ? Après tout, vous avez un incendie.

Ziad dit qu'Orondegui n'en est pas là.

Disparition inquiétante, dit Flo.

Elle fait sa vie, Flo.

Tellement envie de te prendre au mot.

Puis, après un silence, pendant lequel chacun a plongé le nez dans sa tasse de café : je te laisse, dit Flo, se levant brusquement, zou. Fais signe quand besoin.

Je te revaudrai ça.

Elle éclate de rire en passant la porte de bois qui imite une porte de saloon. Les battants se balancent.

Ziad commande un deuxième verre. Le serveur est impassible, un couple s'installe dans un coin, puis une jeune fille, à la frange noire bien longue, portable dans une main, livre dans l'autre, boit un café, de temps en temps lève les yeux comme si elle attendait quelqu'un. Ziad lève les yeux lui aussi, chaque demi-seconde, comme si le miracle allait se présenter, mais à lui rien ne se présente. À la jeune fille non plus, d'ailleurs, on dirait.

Il rappelle Orondegui, tenté par les paroles de Flo.

Inspecteur, la responsabilité des filles dans l'incendie est écartée ?

Vous vous souvenez de la silhouette aperçue au portail ?

Le garçon mystère, dit Ziad.

Celui de la mère Maisel. Elle n'est pas seule à en parler.

De vraies sorcières, dit Ziad et Orondegui sourit.

Vous l'avez retrouvé ?

Pas encore, Zerdoumi. Mais c'est un témoin clef.

Si seulement il existe, inspecteur.

Deux portraits-robots circulent, le sien et celui de Zelda : aéroport, polices, Interpol.

Ziad s'étrangle un peu. Il plonge sa tête dans ses mains. Orondegui attend avant de raccrocher.

À cinq mille cinq cent cinquante quatre kilomètres de là, il est presque 23 heures et c'est l'affolement.

Mackallar, fils de Mackallar, lui-même fils de Mackallar, d'origine écossaise, vit à Plattsburgh. Sa vie est terne si on la compare à celle de ses ancêtres ou à celles qu'ont racontées ses ancêtres ou à celle à laquelle l'ancêtre, Mackallar premier, comme on l'appelle ici, qui avait un talent fou pour faire des histoires, a été mêlé.

D'une, on vivait, de Mackallar en Mackallar, assez bourgeoisement. Au commencement du commencement, Mackallar premier, venu d'Écosse, après tribulations, traversées d'océan et beaucoup d'endurance, a fait fortune. On parlait d'héritage indu et de trésor enterré dans les montagnes d'entre le Canada et l'État de New York. Notre Ron Mackallar a toujours cru à une légende. Assis sur l'habileté économique de ses ascendants, il s'est marié, sur le tard, à Aida, plus jeune que lui d'une quinzaine d'années. Qui est à présent assise ici, devant sa tasse de café noir.

La maison des Mackallar fait face au lac de Champlain même si, des fenêtres du salon, on n'aperçoit pas l'étendue d'eau glacée. Mackallar et sa femme reçoivent : haut-de-forme, légèrement boiteux, debout devant eux, Smithson n'est pas porteur de bonnes nouvelles. Un incendie gigantesque a dévasté le domaine où la fille a été localisée.
Adison Anderson l'a vue juste avant l'incendie, ajoute-t-il.

Mackallar l'interrompt : Jonhson Johnson ne devrait-il pas être parmi nous ?

Il n'a pas pu se libérer, répond Aida.

Et d'AA, pas de nouvelle depuis l'incendie, continue Smithson, inquiet.

Mackallar fait signe à Smithson : qu'il prenne place. La maison est grande, les murs de la véranda, devant laquelle s'étend un espace de gazon ras, sont de planches de bois horizontales et blanches. Un panier de basket, au-dessus du jardin, n'a jamais servi. Smithson gigote sur sa chaise, fatigué par son voyage de l'autre côté de l'océan.

On voudrait les quitter, mais pas avant un gros plan sur le visage de l'héritier de Mackallar premier. C'est une allégorie de l'angoisse. On ne s'y attarde pas parce que ça sonne à la porte : Mrs Mackallar s'épanouit.

Jooooohn, s'écrit-elle en ouvrant à Johnson Johnson, qui se présente au mois de novembre comme candidat démocrate à la chambre basse de l'Assemblée de l'État de New York.

Je ne vous embête pas longtemps.

Smithson s'est dressé, canne à la main, chapeau sur la tête.

L'oiseau rare est en chemin ? demande le futur député.

Cela ne saurait tarder, maugrée Mackallar.

ZZ : elle a dormi sous un porche. Elle porte le petit foulard qu'elle a pris à Nelly – ne pleure pas, lui souffle-t-elle de loin, les routes sont nombreuses, les virages aussi, c'est le premier qui compte. Elle se douche à la piscine municipale des Halles dont elle a gardé une carte d'abonnée. Elle sait qu'à 14 heures elle sera attendue par la police rue de la Cour-des-Noues. Elle sait encore brouiller les pistes. C'est dans le XVe que la voix, au téléphone, lui a donné rendez-vous. Elle achète du mascara. Ses cheveux sont pliés dans le foulard de Nelly. Elle se regarde dans le rétroviseur d'une voiture. À chaque instant : le garçon aux cheveux en bataille va faire son apparition. À moins qu'il ne l'ait abandonnée comme elle, elle a abandonné Nelly. Elle avance d'un bon pas. Puis c'est le métro jusqu'à Odéon, puis la traversée de Paris, jusqu'au fleuve, jusqu'au parc. Assise à la terrasse d'un café, jamais de dos, les yeux et les oreilles exercées, elle observe les passants pressés. Les pas d'un homme, plus lents, douter, fausse alerte, de nouveau la foule dense, cachée derrière les pages de son journal elle observe son détective, il est là, tout ouïe comme elle, jamais elle ne l'aurait imaginé si jeune. Derrière lui, elle voit l'autre. L'autre. L'autre. Elle ne pense plus rien. Son cœur bat à tout rompre. Prometheus, tu parles.

II

Je ne t'ai jamais dit mais nous sommes immortels.

1

Ron Mackallar n'a pas dormi de la nuit. 9 octobre, à Plattsburgh ; la veille, un séisme, du côté de Herat, en Afghanistan, a fait plus de deux mille morts. C'est un bilan provisoire mais ce n'est pas ce qui tracasse notre personnage. Il a laissé les rênes de l'affaire à sa femme, alliée à ce politicien, Jooooohn, au prénom qui double son nom de famille. Cela le perturbe à cette heure davantage qu'une catastrophe tellurique. Cette histoire d'ancêtre qui le premier a quitté le Vieux Continent pour fréquenter des infréquentables ? Ce qu'on nomme *l'affaire*, pour éviter remous et inutiles pronostics, ou *l'affaire du trésor* ou encore, mais Mackallar ne s'y aventure pas, *l'affaire du mort-vivant ou le trésor de Ballantrae.*

C'est une affaire connue du grand public. Elle a fait, en son temps, la une littéraire. Un certain Burke, devenu général puis chevalier, a mentionné dans ses mémoires l'ancêtre Mackallar par qui tout a commencé. Fils de Mackallar fils de Mackallar fils de Mackallar et ça continue comme ça sur presque trois cents ans, le miroir s'abîme sans fin.

À présent, ils attendent tous une jeune femme, Zelda Zelda, seule capable, dit-on, de mener à bien cette quête de trésor fantôme – ou de trésor caché par un fantôme. Ron a le plus grand mal à penser ainsi mais sa femme et Johnson Johnson ont l'esprit autrement tourné : à l'une, le côté romanesque de l'événement. À l'autre ?

Mackallar, autour de 1750, occupait la fonction de secrétaire particulier de Lord Henry. La maison de Durrisdeer comptait le vieux lord et ses deux enfants – James et Henry, dans l'ordre de naissance. James, l'aîné, est jacobite, pirate et meurtrier. Le secrétaire particulier d'Henry, Mackallar premier du nom, Ephraïm de son prénom, était plein d'enthousiasme, de savoir-faire et de sens commun. Timide à souhait, capable pourtant, pour le bien de la maisonnée des Highlands, de ruer dans les brancards quand il le fallait, il évitait de prononcer devant Henry le nom de son frère qu'on pensait mort en jacobite lors de la guerre des deux rois, Jacques et George Ier. La jeune épouse de James, folle amoureuse et veuve à présent, après larmes et atermoiements, finit par épouser Henry. Henry est moins drôle, moins acerbe, moins moqueur que son frère. Avec lui on s'ennuie davantage mais il est doux, droit, respectueux, honnête. Et surtout, il est vivant.

On se souvient de ce moment, juste avant que Burke, qui deviendra colonel et chevalier, ne quitte le Maître dans les montagnes indiennes de fortune : le Maître a juré la perte de son frère. Burke ne l'a pas reconnu dans ses mémoires, mais c'est peut-être ce qui l'a poussé à faire cavalier seul malgré les risques, le ciel tourmenté, les boues du chemin, les scorpions, les insectes, les flèches indiennes, la faim et la soif.

Tous les deux ont erré, on ne compte pas les semaines, avant d'être, chacun de son côté, Burke le premier, sauvés par des Français et protégés dans le fort Saint-Frédéric. Le Maître a pris le temps d'enterrer son trésor en un point géographique dessiné de son sang sur la doublure de son chapeau.

C'était le Maître, dira Burke, le fidèle, l'infidèle, le lâche, le facile Burke, quand on lui demandera de raconter le pourquoi et le comment. Dieu sait qu'on ne peut l'arrêter de parler. Mais autour du trésor, ses simagrées sont telles qu'on ne comprend rien. Sinon qu'il y a, quelque part, un chapeau-parchemin, et du sang pour toute encre.

Quand notre personnage de Plattsburgh, Mackallar, Ron de son prénom, a vu sa femme soupçonner une affaire juteuse à faire fructifier avec l'aide de son ex-avocat converti en démocrate aspirant à l'Assemblée de l'État de New York, ce sang, ce chapeau, ce secret, ces montagnes arides, cet ancêtre mort ou vivant se sont mis, en douce, à le hanter aussi.

Comment les choses tues circulent malgré le silence ou grâce à lui, c'est une autre histoire.

La cheminée refoule, dehors le vent souffle et couvre les chants d'oiseaux qui lancent des trilles aiguës dès qu'une rafale s'éteint avant de reprendre son mugissement sourd. Milady, la femme d'Henry, qui a été celle de son frère, coud un chemisier près de la lampe à huile, son flanc droit brûlant du feu voisin, le gauche reçoit des courants d'air, à coup de secousses glacées qui se faufilent par la porte extérieure. On a frappé, Mackallar est allé ouvrir. Lady Alison ne lève pas le nez malgré la rareté de l'événement. Il fait nuit dans les Highlands, l'hiver, à 19 heures et ni en 1750 ni en 2023 les voyageurs ne s'aventurent à demander l'hospitalité. Henry, nouvel époux d'Alison, est dans sa chambre, où comme tous les soirs il trie ou fait semblant de trier, pour chasser l'angoisse confuse qui a toujours été la sienne, les papiers du vieux domaine. Le vieux lord, livre à la main, s'impatiente devant le dîner qui se prépare. La table est dressée. Mackallar a-t-il, quand il va ouvrir la porte, quelque chose comme un pressentiment ?

Il revient : un Irlandais. Le vieux lord lève un sourcil. Il pense (on le voit penser) qu'aux toutes dernières nouvelles, son fils aîné faisait, en Écossais, la guerre auprès de ces vauriens d'Irlandais – quelle engeance. Milady a le nez baissé, qu'a-t-elle à faire d'un Irlandais ?

Il est là, face à eux, pour vous servir, dit-il à la jeune femme, le chapeau contre son cœur.

Puis : êtes-vous Alison, dont j'ai si souvent entendu parler ?

Mackallar plus que tout autre, le vieux lord, la cuisinière qui les a rejoints près de la cheminée, Henry qui est descendu et a salué l'hôte à son tour, Alison bien sûr, tremblent de tout leur corps. À l'unisson.

J'apporte, dit Burke d'un air réjoui et innocent, des nouvelles de votre fils, frère, et époux, j'ai nommé mon ami James, le Maître de Ballantrae.

Les quatre hôtes, cuisinière incluse, prennent la couleur de la mort. Aucun feu, aucune rafale de vent, aucune politesse ne peut les ranimer. Dans les yeux de Mrs Henry, Alison, la pupille est figée, de bronze. Le vieux lord porte la main à son cœur. Mon fils est mort, je suis vieux et de santé fragile. Burke, toujours enjoué, ne remarque ni la pâleur ni l'hébétude : votre fils est vivant, il vit à Paris où il fait bonne chère et grande vie. Les lèvres d'Alison sont blanches, elle vacille.

Mon Dieu, dit Burke enfin.

Il poursuit : je porte une lettre du Maître pour chacun d'entre vous.

Le colonel distribue le courrier.

Vous êtes son facteur irlandais, balbutie Alison avant de tomber en arrière, inanimée.

Quand elle reviendra à elle, elle refusera la lettre.

Il était mort, voici qu'il revient vivant.

Cette dernière phrase d'Henry, il faut la retenir pour ce qu'elle est : un constat, un effondrement mêlé d'une pointe de joie, un présage – que dis-je, un oracle.

Ce soir-là, le vieux lord lui-même se passe de repas. Ephraïm Mackallar récupère la lettre d'Alison, elle n'en veut décidément pas. Il va la brûler, dit-il, non décachetée. Peut-être pour elle, le Maître, son premier époux, mort et rendu à la vie, a-t-il ici dévoilé le plan secret, écrit au sang, qui guiderait ses pas jusqu'au lieu du trésor, caché au beau milieu des Adirondacks ? Mais ce n'est pas le genre du Maître de donner des signes de pistes. S'il aime Alison, c'est parce qu'elle a épousé son frère : entendons qu'il se moque d'elle comme du reste.

Alison garde le lit des semaines durant. Son époux, Henry, redouble de douceurs à son égard, plus angoissé qu'un personnage de tragédie pris au piège d'un trouble de l'identité.

Le seul trésor connu, ce sont les efforts que fait Henry, frère condamné à payer. Le seul trésor qui vaille, c'est l'argent, sonnant et trébuchant, réclamé par le frère de Paris qui mène grande vie, lui qui était mort puis revenant. L'argent est envoyé par Henry en cachette, il ne s'en vante pas et passe donc, progressivement mais sûrement, aux yeux de sa femme et de son père, pour un harpagon de première classe. C'est qu'il faut, pour que le Maître mène grande vie à Paris, se serrer ici, dans les Highlands, la ceinture. L'hiver est froid, les bûches manquent pour allumer le feu et éloigner les grandes dégringolades, du haut du ciel, de l'est à l'ouest, des tornades de vent glacé.

L'ancêtre de notre Mackallar de Plattsburgh tire la sonnette d'alarme et joue son rôle de secrétaire à la perfection. Il ne sait pas qu'il y a des gens à qui il suffit de dire non, pour qui il ne faut surtout pas faire de longues phrases. Il fait donc des phrases, à la place de Lord Henry, qu'on découvre toujours plus décontenancé et toujours plus sûrement ruiné. Mackallar écrit des lettres : nous ne paierons plus, voici pourquoi, et pourquoi. Et pourquoi.

2

Je n'avais aucune nouvelle de Nelly. Notre évasion, pour le dire avec un peu d'emphase, puis ma fuite, ce moment où je la laissais seule devant les montagnes, n'étaient qu'un prélude. Le 5 octobre je rencontrais les Anderson, deux frères, jeunes, joueurs, intelligents, sincères et désespérés dans un café du parc Citroën.

On va pas se mentir, a commencé le frère aîné, celui que personne n'était sûr, à Caradoc, d'avoir vu, celui qui feignait que m'emmener avec lui n'était pas son affaire. Celui qui nous avait poussées, Nelly et moi, sur la route.

Ils n'allaient pas lâcher le morceau.

Attention : là-bas, il faudra se méfier de tout le monde, Johnson Johnson, Smithson, l'homme démodé au chapeau haut de forme, les Mackallar eux-mêmes. Même si les moyens qu'on a pour voyager, c'est grâce à eux.

J'étais dépassée par la somme d'informations que je ne pouvais pas assimiler. Là-bas, dans les Adirondacks.

Une Zelda regardait l'autre. Ce que faisait l'une n'atteignait pas l'autre. Les Adirondacks, ces aventures vers lesquelles les deux Anderson m'envoyaient, rien de cela ne me reliait à ce que j'avais été ou cru que j'étais. Zelda Zelda, alias ZZ.

Première chose : Z se rend au commissariat du XXe, direct. Flo va s'étrangler. Elle la reconnaît sous le bonnet, malgré les cheveux teints et les taches de rousseur couvertes de fond de teint.

Zelda !

Zelda lui fait signe de la fermer. Sur le trottoir, un peu en retrait, les voici toutes les deux ; Flo est aux aguets.

Ziad n'est pas là, il ne travaille plus ici.

Zelda : qu'est-ce que tu fais ?

En effet, Flo a tiré son téléphone portable de sa poche.

On te cherche, Zelda, tu sais ? Le garçon aussi, on a son portrait-robot. Pour incendie volontaire.

Tu m'embrouilles, dit Zelda. Qui a mis le feu ?

Flo compose un numéro sur son téléphone mais Zelda a levé le pied, bien haut. L'appareil tombe. Coup d'œil vers le bureau aux baies vitrées, personne n'a rien vu. Flo est désorientée, le pied a touché sa main, l'os du pouce.

Merde, ça fait mal.

Tu viens avec moi.

Quoi ?

Tu viens avec moi. La ramène pas.

La rue de la Bidassoa, à côté du Père Lachaise : Zelda, le portable de Flo à la main, cherche dans ses contacts.

Ziad.

Ça sonne dans le vide.

On va devoir rester ensemble plus longtemps que prévu, dit-elle, souriant à son ancienne collègue. Passe devant, marchons. L'air de rien, dégagées. On n'est pas obligées de parler.

On va me chercher.

Je fais un pari, ma grande : tout le monde s'en fout que tu prennes l'air.

Au même moment.

Orondegui : on a perdu Nelly. On la transférait dans une clinique adaptée. L'un conduisait, l'autre surveillait, maugrée Oron. Quand le van s'est arrêté, plus de Nelly. On a lancé les recherches.

Ziad ferme les yeux : il voit des rangées de policiers avancer en ligne dans les bois et les plaines, d'un même pas, cherchant Nelly.

Le conducteur ne s'est rendu compte de rien ?

Il y a une grille entre lui et les passagers, du genre costaud.

Du genre costaud, répète Ziad, qui se rend compte qu'il a raté un appel de Flo.

Il n'est pas complice ?

Orondegui doit se gratter la tête.

Il est sous le choc, à vrai dire.

Le téléphone de Ziad sonne encore. Flo. Il ne répond pas puisqu'il réfléchit avec Orondegui.

Où diable vont les filles et quelle mouche les a piquées ?

Anderson, frère et frère, dans un hôtel miteux, cher pourtant, à Bastille. La chambre empeste, fausse odeur de propre, rien de naturel malgré l'annonce, *parfum des bois*. Zelda doit les retrouver ici. Elle est en retard. Assis sur le lit, l'un des deux joue à un jeu vidéo sur une tablette connectée. L'autre, allongé sur le lit, rêve, le sourire ne le quitte pas.

On a réussi.

Tu m'étonnes.

Il pense à voix haute : ça suffira peut-être pas.

Elle ne viendra pas ?

Pas trop vite, Adison.

Adison est allongé, les yeux fermés, son frère a raison, dans sa tête, ça va à toute allure. Un bruit et il est déjà en bas du lit, prêt à bondir comme un animal blessé.

Calme-toi.

Parfois, dit Adison à Ethan, parfois je crois que t'y crois pas.

Calme-toi, répond le gamin sans quitter son jeu des yeux.

La journée est passée, Zelda n'est pas venue. Elle les a lâchés ? Il est 23 heures, les deux frères mangent un grec sauce algérienne, assis sur le lit, face à face.

Zelda jusqu'à la nuit tombée a traîné Flo derrière elle. C'est à 23 heures que Ziad décroche enfin.

Flo, j'ai du travail par-dessus la tête.

Ce n'est pas Flo qui parle. Il entend ses sanglots, derrière.

Devine.

Zelda ?

Tu l'entends pleurer mais rien de grave. Tu viens seul, sans arme.

Zelda donne rendez-vous à Ziad quai de Jemmapes.

J'ai pas grand-chose à perdre et surtout : j'ai un plan B.

Il vient. Flo est là, entre eux. Zelda garde son téléphone à la main, pour l'empêcher de prévenir qui que ce soit.

Aucune violence, dit Zelda.

Flo a repris contenance.

On t'a cherchée, Zelda, dit Flo qui l'a déjà dit.

J'ai jamais mis le feu à quoi que ce soit, dit Zelda qui l'a déjà dit. Il va falloir me croire sur parole.

Flo, encore elle : on cherche un type qui est venu te donner une enveloppe mystère, tu sais quoi là-dessus ?

Ziad est muet.

Je sais rien de plus que vous deux, répond Zelda enfin, s'asseyant sur le parapet, face au canal. Un cygne blanc, dans la nuit noire, attire les regards.

À Ziad : ça fait longtemps.

T'en as, des choses à raconter, Zelda.

J'ai surtout besoin d'aide.

Flo s'offusque. Ziad a récupéré son téléphone et le lui tend : vas-y, dit-il, rentre chez toi.

Elle hausse les épaules : vous êtes cinglés.

On savait déjà, sourit Zelda.

Ziad ébauche un sourire lui aussi.

C'est sérieux ?
Je sais pas, dit Zelda.

C'est à partir de cette ignorance que tout a commencé. Ou recommencé.

En brune, t'es pas mal non plus, dit Ziad.

Zelda nie savoir quoi que ce soit. Ni du feu qui a pris la clinique et la forêt, ni des forces, à ne pas sous-estimer, de Nelly qui en a vu d'autres.

Dans la nuit, Ziad promet trois passeports.

Il faut être patients, explique-le à tes deux phénomènes.

Ce qu'on ne dit pas : Flo n'est pas rentrée chez elle. Sur les bords du canal elle a marché, les eaux brillaient. Elle s'est retournée. Les deux ne la regardaient plus, ils l'avaient oubliée. Flo a fait ce qu'elle sait faire de mieux. Elle les a suivis. Elle a suivi dans la nuit éclairée de quelques lampadaires deux silhouettes serrées l'une contre l'autre. Flo est restée planquée jusqu'au matin, jusqu'à l'éclaircie, le ciel rosé baignait Paris. Il lui serait facile d'arrêter l'une. De confondre l'autre pour intelligence avec une personne recherchée.

Cette piste narrative ne donnera rien. Flo a regardé Ziad s'éloigner comme un cow-boy dans un mauvais western, elle a pris un petit déjeuner dans le premier café ouvert, café crème allongé, croissant au beurre, et est retournée, à l'heure, sans un mot, au travail. Fin de l'histoire.

Les deux phénomènes n'ont pas dormi ; quand Zelda arrive, elle a des cernes sous les yeux.

C'est bon, dit-elle : on attend les papiers. Maintenant, si vous m'expliquiez ?

Adison est nerveux et quand il est nerveux, il jette des insultes à tout va. Il a les mâchoires crispées.

On expliquera dans l'avion, dit le plus jeune, qui n'a pas dit un mot jusque-là. Tout ce que tu as à savoir, c'est qu'on a besoin de toi. Tu ne seras pas déçue.

Le 18 octobre, on reçoit les passeports et le visa de Zelda. Nos trois phénomènes, grimés, amples manteaux, écharpes hautes sous la petite pluie qui ne suffit pas à chasser la touffeur de l'air, prennent le RER B pour Roissy.

3

Il y a deux écueils. Deux erreurs à éviter. L'une : penser que la différence des temps compte. Que l'année 1750 et l'année 2023 se distinguent catégoriquement l'une de l'autre. L'autre erreur consisterait à croire exactement le contraire : que les temps sont mêlés. Ils ne le sont pas.

Quoi qu'il en soit, le Maître est là, près de nous, et son frère Henry, humilié jusqu'à la moelle, aussi.

Ephraïm Mackallar a refusé, par courrier, plusieurs fois, de l'argent au Maître *revenant*. Dans la nuit noire, quelques semaines après le dernier courrier bavard du secrétaire, un passeur a conduit un voyageur, Monsieur Bailly, vers la berge, non loin du domaine Durrisdeer. La barque a failli se briser sur les rochers saillants de la côte, que l'écume de la mer démontée noie régulièrement. Les oiseaux de mer, immenses, volaient bas, couvrant du bruit de leurs ailes le raffut marin. Le spectacle, si quelqu'un l'observait, était terrifiant.

Avec quelques valises et une tranquillité sans pareille, Monsieur Bailly descendait du bateau. Un homme charmant, brun, buriné, la joue gauche marquée d'une cicatrice, altier, que le voyage clandestin en barque et les côtes écossaises n'avaient pas secoué, marchait fièrement sur le chemin des Highlands autour des massifs de bruyère malmenés par le vent. Le vent jetait ses cheveux noirs et longs en arrière. Il souriait d'un sourire qui n'avait rien d'avenant.

C'est éternellement que Bailly, de son nom d'emprunt, revient. Il revient à la vie, au pays. Mackallar, suivi d'Henry, reçoit le voyageur avant qu'il n'arrive au domaine. Ils pensent alléger l'émotion d'un père, pour qui le retour à la vie d'un fils donné pour mort a été jusqu'ici une abstraction. La veuve de James a épousé Henry dans les larmes ; ni Mackallar ni Henry ne savent comment elle va réagir. L'un attend d'elle un peu de noblesse d'âme, l'autre est tellement empêtré dans la culpabilité qu'il ne sait ce qu'il attend. Il passe, après avoir payé à son frère tout ce qu'il demandait, aux yeux de sa femme et de son père, pour le pingre qu'il n'est pas, le triste sire qu'il devient. Il calcule, trie, compte, ne sourit jamais, même devant sa petite fille, Catherine. Il devient ce qu'on dit qu'il est.

Face-à-face des deux frères, dans la lande. Henry s'écrase. James se moque de celui qui fait des phrases, le secrétaire – vous aimez ça, les lettres, dit-il, lui pinçant la joue. Puis à Henry mortifié il répète la menace qu'il a un jour, dans des circonstances tout autres, alors qu'il s'enfonçait sans succès dans la forêt marécageuse du nord des États-Unis, proférée : tu me le paieras. Il ricane, plus beau que jamais dans l'air froid et sous le ciel orangé. Henry donne des ordres à Mackallar : qu'on prépare le meilleur dîner, le meilleur lit, le meilleur accueil. Mackallar doit porter lui-même les valises jusqu'au domaine. Il le fait. Qu'on prévienne le père et Milady.

Très vite : le père est fou de son aîné revenu à la vie. James réjouit la maisonnée. Seul avec Henry, il le maltraite à l'envie. Seul Mackallar est témoin. James séduit son ex-femme. La fille d'Henry se jette dans ses bras alors qu'elle fuit ceux de son père. Un jour, James va trop loin. Il suggère qu'il n'a, de nouveau, plus rien à désirer d'Alison. Henry, rouge, se dresse d'un bond. Mackallar, comme d'habitude, est témoin. Henry laisse à son frère le soin de choisir les armes et le terrain. Le duel s'organise. Le sol de l'espace clos, réservé, caché aux yeux, est blanc comme de la craie. Pointant l'épée, Henry blesse son frère. Le sang coule. Il fait une auréole autour du crâne du saint que n'est pas James, qui gît au sol. Henry panique. Il prend le pouls de son frère et le pouls ne répond pas. Mackallar, témoin toujours, à son tour prend le pouls de l'homme à terre. Il est mort.

On le répète : il est mort.

Les deux survivants s'affolent. Pour l'un, toujours plus de culpabilité, pour l'autre, mélange de soulagement et de panique : il faut prévenir le père, faire disparaître le corps – quant à Milady, il s'en occupe. Tandis qu'Henry pleure dans sa chambre puis s'agenouille puis demande pardon à Dieu, Mackallar explique au père et à l'ex-veuve, femme d'Henry, le contexte, le duel, son issue.

Très vite : Mackallar se rend sur les lieux. Le sol de craie blanc est marqué de rouge. Le rouge et la fameuse auréole sont là. Pas le corps. Cette fois le père pousse un soupir d'épuisement. Qu'on ne dise rien à Henry. Il est suffisamment abattu pour qu'on n'en rajoute pas avec les folies.

James, le Maître, celui qui meurt plusieurs fois et revient toujours.

Pour l'instant, décident les deux frères Anderson, crinières blondes rasées, qui retournent, après avoir raconté une partie de la vieille histoire, à leurs écrans portables, pour l'instant, ça suffit.

Vous me faites venir pour une histoire qui date de 1750 ?

Le passé ne passe pas, dit le frère plus jeune, Ethan, le plus calme des deux, de son accent inimitable.

Zelda somnole dans l'avion. Dans son demi-rêve, un homme est beau comme un dieu et explique à son père et son ex-femme qu'il est recherché. Père, frère et ex-femme devenue belle-sœur ne lésinent pas sur les moyens et le protègent. En effet, les exploits jacobites de l'homme n'ont pas l'heur de plaire en territoire vainqueur d'Écosse. D'ailleurs, si son frère s'était à sa place sacrifié, on n'en serait pas là. Henry s'arrache les cheveux : il était, des deux, celui qui aurait dû partir à la guerre du côté de Jacques le vaincu. On en avait décidé ainsi : un frère d'un côté, l'autre de l'autre. Le côté George, le côté Jacques, la chèvre, le chou. Henry était prêt, il avait insisté pour partir. Mais James, frère aîné, marié et responsable du domaine, voulait l'aventure – ne fût-ce que pour reprocher à son frère de ne pas l'avoir tentée et de s'être contenté, pendant que les autres s'exposaient à la mort, des livres de comptes et d'une femme qui n'était pas la sienne.

James le vaincu était recherché par le pouvoir royal. Traître à sa patrie. On le cachait, le choyait, comme le héros qu'il disait qu'il était. Mackallar premier trouvait étrange qu'un coupable recherché prenne aussi peu de précautions. Henry, lui, mourait à petit feu de culpabilité et d'une colère rentrée qui augmentait d'autant sa culpabilité.

Dans le rêve de Zelda, l'homme deux fois mort meurt encore une fois. Elle ne sait pas tout et les deux frères Anderson, qui l'accompagnent et en qui, malgré leur attitude boudeuse, silencieuse et impolie, elle a toute confiance, ne délivrent les informations qu'au compte-gouttes.

Les frères n'ont pas bougé, l'un joue, l'autre regarde, concentré, un film sur sa tablette quand Zelda ouvre un œil. La *petite image,* celle qu'on cherchait, à Caradoc, au fond de soi ? Petite image, tu parles. Le monde est à feu et à sang, il s'agit de respirer le plus calmement possible. Désolée, dit Zelda pour elle-même, désolée : elle s'adresse en même temps à Madame Maisel et à Nelly à qui elle envoie, de loin, par-dessus l'océan, ses pensées les plus douces. Désolée si j'ai tout raté : la petite image est sanglante. Une tache de sang sur une arène blanche de sable ou de craie. Ça pourrait être une auréole. Le corps abattu manque. Celui de James, celui dont on dit qu'il s'absente et revient. Puis Zelda : jamais je n'aurais atteint ces sommets, jamais ces belles et fortes contradictions. Ces apparentes tensions dans le temps et l'espace, jamais. À l'hôtesse elle demande un café. Elle le sirote tranquillement. Le rêve devient de plus en plus flou. Les garçons n'ont pas levé le nez. Elle se redresse sur son siège. On remonte les tablettes.

Long Island tache l'océan, bientôt Manhattan, Brooklyn, les baies découpeuses de terres, l'eau si bleue qu'on va étouffer, l'avion pique du nez : Newark.

Bienvenue, dit Adison, qui a rangé ses affaires. Il a pris son air le plus sérieux. Cette ébauche de sourire, aussi sympathique que celui, bref, qu'il a eu à Caradoc quand il tendait à Zelda l'enveloppe dans laquelle elle découvrait qu'on l'avait cherchée et fait chercher. Un halo de tendresse. Sur le téléphone prépayé que lui a donné Ziad, elle communique comme prévu : on atterrit, RAS.

Pourquoi moi ? chuchote-t-elle à Adison, alors qu'ils attendent leur bagage.

Après il faudra passer devant les policiers qui vérifieront les passeports et le visa de Z.

On ne montre aucune crainte.

Pourquoi moi ?

Adison Anderson ne répond pas.

4

Chez les Mackallar, il ne se passe jamais rien. Chez Mackallar dernier du nom, du moins, il ne se passe jamais rien, si ce n'est quelques déplorables affaires privées – une femme ambitieuse séduite par un avocat lancé en politique mais c'est sans intérêt. Chez les Mackallar, où il ne se passe jamais rien, tout le monde est réuni dans l'attente de Zelda. Même Smithson est là, qui regarde sa montre, parions qu'il ne restera pas jusqu'au bout, il faudra l'excuser.

Chez les Mackallar, il ne se passe jamais rien. La pelouse tondue, l'arrosage automatique pour que le vert soit plus vert, les cent pas du bureau à la salle commune où sont réunis les protagonistes intéressés. Qui sont au juste ces deux gamins qui ont déniché ZZ ? Par où commencer ? Le trésor ? De Johnson Johnson on croit comprendre les motivations. Même s'il n'est pas interdit de s'étonner : difficile d'imaginer JJ, bottes de pluie aux pieds, en tenue d'aventurier, en quête d'un très vieux trésor dont les coordonnées ne figurent sur aucun GPS. Mais chacun a plus d'un tour dans son sac : pourquoi un avocat appelé à siéger à l'Assemblée de l'État de New York ne porterait-il pas dans son sac des bottes et une âme de pionnier ou d'explorateur ?

Au moment où, chez les Mackallar, tout le monde attend passivement parce que c'est ce qu'on fait de mieux chez les Mackallar, Zelda et les frères Anderson vont d'un bon pas dans les couloirs de l'aéroport. Escaliers mécaniques, valises à roulettes derrière eux, ils traversent le hall aux larges baies vitrées. Zelda lit ses messages : sur le téléphone prépayé, ZZ, Ziad Zerdoumi, lui a laissé un smiley. AA tend la main : qu'elle lui donne ce téléphone. Elle ne proteste pas, achète un journal avant de quitter le hall. Les bombardements de l'armée d'Israël sur la population civile de la bande de Gaza sont incessants. Et cet encadré : des inondations frappent le Colorado, de nombreux ponts se sont écroulés, avec eux les voitures qui y roulaient et leurs passagers. Les secours cherchent des rescapés dans les rivières. Plus de cinq cents personnes manquent à l'appel.

C'est maintenant, en extérieur, dans le froid qui monte, la longue attente du taxi. 10 heures, heure locale, on est le 22 octobre 2023. Dans l'avion Zelda n'a pas dormi, elle tire sur sa cigarette électronique et bâille.

Il faut remonter dans le temps. Quitter Plattsburgh vers le nord, s'éloigner pour se lover au plus près de la baie de Cumberland. Les pins sont clairsemés et derrière, l'eau est une sorte d'horizon toujours plus lointain. Le temps est frais pour la saison. Non, Mackallar ne se promène pas au bord du lac, ni sa femme, ni personne qu'on puisse directement lier à eux deux. Des promeneurs emmitouflés longent la langue régulière de la baie qui produit une minuscule écume blanche miroitante. Une famille pique-nique ici, les Watson. Leur nom est sans importance, on n'entendra bientôt plus parler d'eux. L'enfant creuse des trous dans le sable, après qu'il a posé près de lui écharpe et bonnet. Le reste de la famille, une adolescente et son frère, de quelques années plus jeune, tâtent du bout des pieds déchaussés le froid de l'eau, en poussant des cris. Leurs parents les observent. Quittons la baie : il ne s'y passera rien de plus palpitant.

Les mêmes Watson s'enfoncent dans les escarpements de rochers boisés en face du lac, au loin de la baie. Les deux adolescents s'ennuient. L'enfant escalade les rochers, fouille les trous du terrain, y découvre des pierres qui sont des os de tyrannosaures, les montre à ses parents, on a froid, on va rentrer, quand soudain.

L'enfant a relevé la tête, l'arbre est sans doute un frêne, frêle, il ploie. Le cri rappelle la famille qui entreprenait la descente, décidée à rentrer chez elle, il fait vraiment trop froid et la nuit va tomber. Deux jambes pendent du frêne frêle. Le cri de l'enfant se mêle à ceux des deux parents et à ceux des aînés qui sont arrivés le plus vite possible, presque à quatre pattes.

La famille Watson est rentrée plus tard que prévu chez elle, frigorifiée. On ne les interrogera plus : ils ont vu le corps, se sont agités sous l'arbre assez longtemps, luttant contre le froid, un policier a donné une couverture de secours à l'enfant et enfin, on les a remerciés.

Le corps retrouvé là, aux abords du lac Champlain, n'a pas été identifié. Des mois après, il ne l'est pas. Après la découverte macabre, la police est venue dans la maison rangée de Plattsburgh, où il ne se passe habituellement rien. En effet, le cadavre portait dans la poche de sa veste un document mentionnant notre désormais fameuse famille Mackallar.

Mackallar n'a pu que raconter le peu qu'il sait du passé : son ancêtre était au service de la famille Durrisdeer, il y avait deux frères, l'un s'occupait de la maison, l'autre de partir et revenir ; ses activités, certes, n'étaient pas claires mais je vous parle du XVIIIe siècle, a dit Mackallar. Son rire ressemblait à un petit cri de souris.

Quelqu'un vous met en garde, insiste le policier, Dick Hannegans. Mrs Mackallar assiste à l'entretien cordial, rien à voir avec les interrogatoires de fiction. Il y a bien la légende du trésor, a fini par balbutier Mackallar. Sa femme sert le thé aux policiers : une carte au trésor datant du XVIIIe ? On est chez les malades, vous devriez faire le tour des hôpitaux.

La surveillance a duré des mois et au moment où Zelda, flanquée des deux frères Anderson, va arriver, on n'est pas plus avancé et les supérieurs de Dick Hannegans se sont rangés à l'avis de Mrs Mackallar : on ne se suicide pas pour une histoire de trésor enterré il y a plus de trois siècles.

Voici les mots exacts, écrits sur une feuille quadrillée qui a pris l'humidité et dont l'encre bleue est un peu effacée : *Puissent les Mackallar vivants et la lignée des Durrisdeer ayant échappé à la folie du Maître trouver la protection de notre Seigneur.*

L'enquête est classée. N'empêche, l'agent Hannegans ferraille pour tenter de trouver un Durrisdeer quelque part en Écosse ou dans l'État de New York.

Pour des gens chez qui il ne se passe rien, ce qui a suivi la découverte macabre du pendu et a complètement échappé à Dick Hannegans sort pour de bon de l'ordinaire. L'excitation, alors : l'histoire revenait, il faut croire que jamais elle ne s'était éclipsée.

Voici ce qui s'est passé : un pendu anonyme fait le lien entre Mackallar et la lignée Durrisdeer. Les met en garde : que le Seigneur protège les survivants. Ces deux familles sont écossaises d'origine. Ont eu, dans leur passé, à faire en commun. Ce que sont devenus les descendants Durrisdeer, Mackallar ne le sait pas plus que le jeune agent de police passionné. Mackallar ne semble pas ému par le message que le mort lui adresse.

Peu de temps après la découverte macabre, les Mackallar reçoivent. Sont présents : le nouvel ami influent d'Aida, avocat, homme politique, Johnson Johnson ainsi que Smithson, ami récent de Ron et excellent joueur d'échecs. Celui-ci est venu à tout hasard, espérant une partie avec le maître de maison mais c'est raté. La conversation roule et si on boit un bon bourbon, tout ce monde est calme quand la chose a lieu.

La chose a lieu devant quatre témoins. Mr et Mrs Mackallar, Smithson le toujours démodé, chapeau haut de forme et intérêt flottant, et le futur représentant démocrate à l'Assemblée de l'État de New York. Quatre témoins.

D'abord, on a juré qu'on ne le raconterait jamais, surtout pas à la police ni à son jeune agent tout feu tout flamme, Hannegans. Entre nous, on n'en parlerait pas non plus, il y avait ici quelque chose d'impossible. Cette histoire resterait enfouie dans les abîmes du XXIe siècle comme d'autres dans les siècles d'avant. On a commencé par faire comme on avait décidé. Et puis la chose s'est reproduite, dans un contexte différent. Avec d'autres témoins – improvisés, ceux-là.

C'est cette deuxième fois qu'il convient de raconter. C'est cette dernière scène qui a provoqué la bascule, chez Ron Mackallar. Descendant, après tant de générations, du secrétaire d'Henry Durrisdeer, dans les Highlands, en Écosse.

5

Elle vient de s'asseoir dans un café de la rue de la Gaieté et des gens avec attaché-case, valises à roulettes, discutent tout en jetant un œil sur leur téléphone. Ils actualisent leurs informations.

Entre mer et mur.

La communauté internationale ? La vieille Europe et les États-Unis ?

La bande est serrée entre les grillages high-tech et la mer, elle est privée d'eau, d'électricité, de communications.

Ne cessent bombardements et attaques terrestres.

Le 29, un journaliste libanais a été tué.

Dix-neuf journalistes tués.

Vingt-trois, dit quelqu'un qui n'est pas installé à la même table et crie pour se faire entendre.

Elle pose sa tête entre ses mains, ferme les yeux, descend le bonnet plus bas sur ses yeux. Elle ne regarde pas les gens qui parlent pendant que la télévision montre les images, sans le son, de l'ouragan qui a dévasté Acapulco. Par des ponts aériens on évacue les touristes de la station balnéaire. Des immeubles sont vidés de l'intérieur, carcasses béantes. Les rues, jonchées de monceaux de béton, de fils arrachés et de tôles de voiture. Par-dessus les eaux pacifiques, le tourbillon, d'une chaleur intense d'abord, a vu grossir son cœur, lançant les vents à des vitesses toujours croissantes sous la pluie qui ne tombait plus de haut en bas mais qui, sous l'effet des rafales, volait à l'horizontale.

Un homme répète, accoudé au comptoir : qu'est-ce qu'elle dit la môme ? Qu'est-ce qu'elle dit la môme ? On ne sait de qui il parle, parfois il pousse un cri dans lequel on croit reconnaître un prénom, *Elsa putain qu'est-ce qu'elle dit la môme ?* Le serveur a un tic nerveux mais on dirait qu'il n'entend rien, ni Tsahal à la télé ni l'homme saoul qui s'adresse au fantôme d'Elsa.

Elle se bouche les oreilles des deux index. Elle porte son bonnet jusqu'au bord des yeux. Ils sont si clairs qu'on dirait un défi. Elle est vêtue d'un jogging et d'un blouson trop grands pour elle. Elle demande timidement un café crème et la possibilité de recharger son portable – si jamais. L'homme n'est pas aimable, il cligne de l'œil gauche nerveusement, prend le téléphone, le branche derrière le bar, puis fait mousser le lait par-dessus le café.

Ne l'oubliez pas, dit-il simplement.

Elle pense qu'il a un air de Sarkozy, un Sarkozy jeune et bedonnant.

Les prises de feu ont été nombreuses. C'est ce qui a orienté Orondegui et Beroco sur la piste de l'incendie criminel. Madame Maisel est sur la brèche : son affaire n'était pas au beau fixe, elle n'en faisait d'ailleurs aucun secret. Si elle avait acheté le château, elle n'était plus en mesure d'en payer les traites. La brigade financière s'en mêle. Heureusement, parce qu'Oron est un peu perdu. Le montage grâce auquel la Maisel a acheté le domaine a le pied branlant. Est concernée une grosse société, NVO, *c'est quoi cet acronyme, Ber ?* De nouveaux investisseurs apportaient de l'argent à NVO, grâce à qui les anciens récupéraient leur mise. Mise qui, dans le cas Maisel, a été fort coquette, on étudie jusqu'où. Puis les investisseurs récupèrent la mise – ou pas.

C'est le genre de système qui est fait pour s'effondrer, explique le jeune policier spécialisé à Beroco, qui imite son chef : il emmêle sa tignasse noire de la main droite.

Maisel pleure en garde à vue : on essaie de savoir de quoi elle a été capable pour récupérer un peu de la donne. Mettre le feu, en accuser les filles disparues ? Beroco qui préfère le grand air épluche les contrats d'assurance. Il suit de près les investigations de la brigade financière qui court derrière NVO et son système.

Beroco a reçu des appels. Un type a fait du zèle : il a suivi une fille répondant au portrait-robot de Nelly, jusqu'à lui offrir un verre. Résultat des courses : nom, prénom, qui pourraient être faux, soupçonne le néo-détective, ainsi qu'un numéro de téléphone.

Fausse piste, bien sûr.

Orondegui : peut-être ne sont-elles que témoins.

Pourquoi fuir, alors ?

À cette question, le chef n'a pas de réponse.

Elle change de café. Le bonnet sur les yeux, le jogging cache ses formes. Il y a un match de foot, une rediffusion, quelques passants le regardent depuis le trottoir. Elle a marché au hasard. Avenue du Maine, Alésia, elle comprend qu'elle va vers le sud, tôt le matin les rues sont désertes, les marcheurs pressés, elle avance droit devant, avant Porte d'Orléans attrape d'un geste vif des écouteurs qui traînent sur une table, les glisse au fond de la poche du blouson qu'elle porte. Elle s'engouffre dans le métro, attend de se coller à quelqu'un qui ouvrira le sésame de sa carte prépayée, elle descend n'importe où et n'importe où, c'est pas mal.

Devant elle, la porte d'un cimetière est ouverte sur une mer de tombes, toutes pareilles ; jamais morts n'ont été si bien ordonnés, devant les grands arbres roux de l'automne. Elle frissonne un peu, rencontre un cèdre remarquable à qui elle adresse un salut fraternel. Elle tire de sa poche les écouteurs, le téléphone rechargé, s'assied, plie ses genoux sous le menton et dans cette position regarde enfin la vidéo.

Avant de brûler la politesse aux deux policiers de Caradoc, elle a pris soin de récupérer son téléphone. Un jeu d'enfant pour sa main agile : le sac n'était pas fermé. La paire de flics plaisantait, ils allaient l'accompagner en lieu sûr, ils traînaient un peu, commentant le résultat des courses.

Nelly, puisque c'est elle, a tout retenu. L'adresse à Paris, Bud ou Bird, Johnson Johnson. Il lui faut de l'argent. Quand on est parti une fois, on est parti pour toujours. *La vie a bifurqué.* Elle installe les écouteurs dans ses oreilles, les connecte au téléphone.

Le feu est aussi rouge que les érables. Les arbres se tordent de douleur. On voit les murs du château que les flammes lèchent, on entend un bruit qui ne ressemble à aucun autre – elle revient en arrière, du petit doigt déplaçant le curseur, pour entendre une autre fois le même effondrement. L'image saute, les craquements sont nombreux, des fleurs rouges de feu explosent de joie, un peu partout. Une fois encore. Le bruit, certes, le château, tout près. L'écurie s'enflamme.

Des sources différentes, à n'en pas douter. Elle fait la même hypothèse qu'Oron, là-bas.

Elle filmait alors qu'elles s'éloignaient, toutes les deux, au galop, elles n'avaient ni le temps ni l'occasion de penser à ce qui se passait.

L'image, encore. Le parc, les arbres, les ombres derrière lesquelles de petites flammèches rougeoient. Elle écarquille les yeux. Elle veut grossir l'image, son téléphone ne le lui permet pas. Retour en arrière. Zelda l'encourage à avancer. *Vite !* C'est à ce moment, *vite*, que derrière une flammèche, loin dans le parc, il lui semble que – c'est ça ? Quelqu'un se cache ? Une cagoule ? C'est une silhouette sombre, en tout cas. Arrêt sur image. Encore. C'est bien quelqu'un. *Avance*, dit Zelda. Nelly s'est arrêtée. Elle a filmé le bois en feu. Plan large. Petits pantins, vus d'ici, sur l'écran, flous, planqués derrière les arbres. Elle pourrait négocier avec Oron ? Ils sauraient, eux, grossir l'image ? Pour quelle liberté ? Celle qu'elle a déjà ? Si elle a pu échapper à leur surveillance dans la camionnette, elle y échappera toujours. La vie a commencé. Recommencé. Au diable Oron, au diable le passé. Zelda connaissait un flic dans le XXe. Qu'est-ce qu'il donnerait en échange de la vidéo ? Combien ? Elle somnole sur une tombe. Une vieille dame courbée, un seau noir à la main, plein de chrysanthèmes, l'a repérée à l'autre bout du cimetière. Elle claudique vers elle. Nelly la regarde de ses yeux transparents. Dedans, tu vois la mer. Non, elle n'a besoin de rien. Merci. Elle marche maintenant au hasard dans le cimetière. Elle s'y perd. Dans la poche, le téléphone, la vidéo précieuse, sa main par-dessus.

La camionnette s'est arrêtée pour faire de l'essence. C'était pas prévu. Le type qui la surveille ne la surveille pas. Il fait de l'essence. L'autre pisse plus loin. Ils ont fermé la voiture mais ont oublié le coffre. C'est le pari qu'elle fait. Elle se glisse, mince comme tout, dans l'espace entre la plage arrière et le toit. Elle ouvre le hayon : les deux gars ne se méfient pas d'une pauvre fille traumatisée, elle glisse sous la voiture d'où elle aperçoit les jambes de l'un, qui n'a pas fini avec l'essence, celles de l'autre, contre un pin. Elle rampe, de dessous de voiture en dessous de voiture, celle-ci est ouverte, son propriétaire est occupé à la caisse automatique, elle attrape sur le siège avant un vieux jogging, un blouson, enfile ce dernier et le bonnet de laine qu'elle trouve dans la poche, rampe encore, court puis s'arrête puis se cache dans le fossé qui borde la bande d'arrêt d'urgence, les mains sur la tête au bonnet, un jeu d'enfant, elle attend, compte, respire, ferme les yeux, bouche ses oreilles, bientôt longera la route pour automobiles, quelqu'un s'arrêtera qui la laissera au prochain carrefour, elle transfère le précieux téléphone déchargé dans le blouson trop grand, enfile sur son pantalon le jogging, ça continue, jusqu'à Montparnasse, jusqu'au cimetière de Bagneux.

Maintenant elle va faire le chemin retour. On annonce une tempête, à qui on a donné un nom, comme toujours. Elle croise un chien noir, aux jambes trop longues pour son corps, il veut jouer. Il n'a pas de collier et s'il veut suivre, qu'il suive. Elle l'appelle Ariel. Ariel la suit, langue rose pendante sur le noir du pelage, on va chercher à boire, c'est la première des choses. Puis à dormir.

6

Février 2023. Un autre lac. Petit paradis de l'État de New York, disent les guides touristiques. Le couple Mackallar est en vacances. On dîne dans un restaurant qui réunit des vacanciers embourgeoisés, des marcheurs des monts des Adirondaks venus s'abriter dans le gîte adjacent quelques nuits. Ron et Aida, enveloppés dans les châles de mohair que propose la maison, n'en perdent pas une miette. Les conversations échappées, les serments éternels. C'est un précipité de l'ennui mortel que le couple Mackallar ne sait pas jusqu'alors qu'il vit.

Plus tard on essaiera de s'en souvenir : il y a peu de monde. Le couple a tout de suite repéré la présence des deux jeunes hommes, débraillés, pas le genre de la maison : ni touristes installés, ni sportifs des hauts monts cristallins, ni rien qu'on puisse situer. Les jeunes gens ne parlent pas, chacun est concentré sur son écran. Ron fait remarquer à son épouse que les verres restent pleins, comme les assiettes. Que font-ils ici, avec leurs cheveux d'étoupe, dans ce lieu recommandé par les guides les plus en vue ? À la table voisine, une jeune fille et son père. Deux couples qu'on salue, qu'on fréquente dans les couloirs de l'hôtel. Plus, ils ne voient pas. Ne revoient pas.

C'est au moment du dessert que ça a lieu. La soirée est bien avancée et il a commencé à pleuvoir. Aida et Ron reconnaissent une drôle de sensation. Une scène passée, future, hors du temps. On dirait qu'ils savent tous deux ce qui vient, , démunis de ce par quoi ils se protègent d'habitude. On aurait, si on les observait, le nez dans l'assiette, les yeux hagards et dans la bouche des paroles vaines, de la peine pour eux. Il est presque minuit. La pluie a cédé la place au grondement sourd du tonnerre. Après l'éclair qui a balayé la salle, seuls les deux jeunes gens, concentrés sur leurs écrans, restent de marbre ; la pluie contre le toit du restaurant frappe au diapason du cœur de Ron et Aida Mackallar.

Soudain, il est là. Dégoulinant de pluie. C'est la deuxième fois. Aida : j'ai rêvé cette scène avant qu'elle ait lieu la première fois. Il porte les cheveux en arrière, assez longs pour dégager son front buriné. Ses yeux noirs brillent, la cicatrice sur la joue gauche est plus marquée que la première fois, peut-être à cause de l'éclair qui a traversé la pièce au moment de son apparition. Il porte une longue cape noire. Il n'est pas plus décalé ici que ne l'est dans leur salon le nouvel ami de la famille, Smithson, ou que ces deux garçons dégingandés au fond de la salle qui sont tout sourire et se montrent, Aida le remarque, enfin intéressés.

L'homme excentrique vise l'assemblée étonnée, personne ne sait comment il est entré, des murmures s'élèvent pendant que le serveur s'avance pour lui proposer une table. L'homme paralyse ce dernier de son regard autoritaire. Il y a une petite bougie sur un coin du bar. L'homme, de loin, la souffle. Le vent hurle, dehors. Quelqu'un pousse un cri, mais où ? Au plus âgé des frères qui ont quitté leur écran, une ride plisse le front. Aida, son sang se glace. Ron prend son téléphone.

Qu'est-ce que tu fais ?

J'appelle Hannegans.

Tu n'y penses pas, dit Aida, qui ajoute, détachant les syllabes, sur un souffle : ça ne nous regarde pas.

Le téléphone ne passe pas.

Est-ce qu'on appelle la police parce qu'un homme excentrique entre dans un restaurant par mauvais temps ?

L'homme s'approche du bar, sans un regard pour les personnes attablées qui ne désirent qu'une chose : que le temps se calme, ils retrouveront gîte ou hôtel. L'homme commande un gin-tonic. Comme si de rien n'était, sous la régularité des éclairs. Les murmures deviennent des éclats de voix.

Les deux garçons blonds ont changé de comportement : ils observent le dos de l'homme, attentifs à ce qui va se passer. Soudain, la cape se retourne, l'homme embrasse la salle du regard, sourire en coin, les yeux noirs, vifs. Il s'adresse à Aida.

Comme on se retrouve.

La première fois, c'était chez elle, qui recevait JJ et Smithson peu après la découverte du pendu suicidé. L'homme avait frappé, la pluie était battante, il demandait l'hospitalité. Ces yeux. Ce sourire narquois. Ron se montrait alors peu concerné. Elle avait fermé la porte au nez de l'intrus, non sans trembler. L'homme l'avait rouverte. Tout le monde avait pu le voir. Il était dégoulinant d'eau de pluie, balafré, portait une cape d'antan. Il éclatait de rire au nez des témoins.

La répétition de cette première scène, dans ce restaurant de hasard, paralyse Aida. Elle fixe dans son assiette les quelques miettes qu'elle y a laissées.

Ron, vers le fond de la salle où le plus âgé des garçons très blonds l'encourage du regard : vous avez de la connexion ?

Alors qu'un nouvel éclair envahit la salle, l'homme encapé disparaît, la porte bat derrière lui, le serveur dit qu'il est parti sans payer et regarde les Mackallar d'un air de reproche : un ami à vous ?

Il ne s'est rien passé, un original s'est présenté et la seule chose maintenant, c'est ce mini étonnement qui fait frémir l'assistance : le petit couple de vacanciers qui ne payait pas de mine a reçu un type balafré sorti de nulle part.

Aida est furieuse. Elle regarde les garçons blonds, au fond de la salle.

Le wi-fi est revenu, dit celui qui semble le plus jeune à l'attention de Ron.

Ron paie les repas et le verre de l'inconnu, demande si on peut garder les châles jusqu'à demain, Aida reste enveloppée dans le sien, des pieds à la tête. Ils attendent quelques instants à la porte avant de courir à l'hôtel, Ron tend la main à sa femme.

L'ambiance est retombée, dans le restaurant. Les deux jeunes gens, concentrés, se joignent au-dessus de la tablette de l'un d'entre eux.

À l'hôtel. Sur le lit. La chambre, petite fenêtre sur cour intérieure, le seul bruit est celui de la pluie. Deux lits jumeaux, cette couleur jaune à mi-mur, on aurait pu s'en passer. Les affaires de toilettes sont sur la table du bureau, plutôt que dans la salle de bains, trop petite. Aida, muette jusque-là, est excitée.

Que nous veut-il ?

Ron : si c'était l'assassin de l'homme du lac ?

C'était un suicide.

Chérie, cet homme nous menace.

Les yeux d'Aida sont rouges à la lumière de la petite lampe de chevet. Elle a gardé son châle humide sur elle.

Comment s'appelle l'homme au service duquel était ta famille ?

Il y a trois cents ans.

Durrisdeer, n'est-ce pas ?

Ron acquiesce.

Si un Durrisdeer voulait nous faire chanter ?

C'est de la folie.

Mais la lettre, coupe Aida. Elle cite : *Puissent les Mackallar vivants et la lignée des Durrisdeer ayant échappé à la folie du Maître*

Ron comprend que sa femme soupçonne qu'ils ont vu le Maître. Qu'ils ont vu un mort.

Tu dois te reposer, dit-il. Il lui caresse le front, comme on le fait à un enfant pour prendre sa température. Il l'accompagne vers la douche chaude. Aida se redresse en sursaut, il est 3 heures du matin.

Quoi encore ?

Le trésor.

Une vieille légende, dit Ron en bâillant. Ne me parle plus de trésor ni d'aucun Durrisdeer, je t'en supplie.

Si c'est bien le Maître, dit Aida qui réfléchit, il sait où il est. Il l'a caché.

Elle se tord les mains.

Et si ?

Tais-toi, ma chérie.

Imagine : si ton ancêtre le lui avait volé ?

Et ces deux geeks du restaurant qui se sont intéressés aux événements ? Ron n'est pas aussi naïf qu'on le croit. Ces garçons, les suivent, les épient. Mon Dieu, ne rien en dire à Aida qui en ferait des mystères d'au-delà. La pluie a cessé, le jour se lève derrière les rideaux d'un jaune plus soutenu que la moitié des murs. Tout cela nous dépasse, pense Ron, quelqu'un joue avec nous mais c'est un jeu qui a fait un mort. Au moins un. Peut-être faut-il se réveiller.

Ron se fait une promesse : appeler le jeune Hannegans, le seul qui lui semble avoir la tête sur les épaules. Au lieu de ça, il descend prendre un petit déjeuner rapide et se met en quête des deux sales gosses mal coiffés.

7

Pas tout de suite, a dit Zelda à Adison. J'ai besoin de grand air. Elle n'a pas demandé de nouveaux renseignements. Ni cherché à savoir au nom de quoi et sur l'idée de qui elle devait voler au secours de ces vieilles familles se cherchant des noises après trois cents ans d'énigmes et d'interludes fâcheux.

Ron est comptable, en pré-retraite. Quant à Aida ? Elle s'ennuie, dit Ethan. On a pris un taxi. Puis un train. Les Anderson s'amusent de savoir qu'à Plattsburgh, on va les attendre encore un peu.

Du grand air, on va être servis.

Dick Hannegans n'est pas resté les bras croisés. C'est en Écosse qu'il a entrepris sa quête des Durrisdeer. Il a contacté un généalogiste : les Durrisdeer ne sont pas de ceux qui disparaissent des mémoires. Il n'a rien dit à son chef. A pris des vacances en Europe, on est au tout début du printemps 2023. Il l'ignore mais deux fois déjà, à cette date, le spectre du Maître, ou ce qui en tient lieu, est apparu à la famille Mackallar et à quelques témoins.

Édimbourg, le 23 mars 2023. Quelles seraient, selon les récits dont nous disposons, les raisons pour lesquelles Mackallar comme Durrisdeer sont en danger ? Le jeune généalogiste dégarni, petit embonpoint, bureau rangé sur lequel trônent une photo encadrée qu'Hannegans ne voit pas ainsi que quelques miniatures de héros de comics, ne répond pas à la question : le Maître n'a pas eu de descendance. James est mort seul au monde. En revanche, son frère, Henry, qui a épousé après son veuvage la femme de James, Milady Alison, a eu deux enfants de cette union, Catherine et Alexander. On ne parle jamais de l'aînée. Elle revient en Europe, ruinée par son père, épouse un certain David Brauman, tous les deux ouvrent une petite affaire de couture et de mode à Selkirk. Je ne trouve rien sur les enfants de Catherine et David. L'affaire est bientôt abandonnée, voici des photos de la bâtisse aujourd'hui : il les glisse sur le bureau, face à Dick. Un siècle plus tard, en 1859, on retrouve un descendant. Voyez, ce Brauman, venu de Forest Mill, où est l'usine en question, sur la liste des passagers d'un cargo arrivé à Ellis Island ? Salomon Brauman. Accompagné de sa femme, Lydia, et de leur fils. Dans cette histoire, on ne cesse de passer l'océan.

Les traces s'arrêtent à Ellis Island, souffle Hannegans. Avec Nathan, le rejeton de Salomon.
Il y a sur l'île une série de photographies, elles ont été faites par Sherman, ex-employé de l'immigration sur l'île. Qui Nathan Brauman a-t-il épousé ? Ça ne devrait pas être sorcier, conclut le généalogiste écossais, avant de glisser, sur les photos, sa copieuse note de frais. Il redresse sa cravate, toussote, ouvre la fenêtre pour faire entrer un peu d'air frais, la visite est terminée, le voyage en Europe d'Hannegans aussi.

Paris, à l'automne 2023. Ariel, le chien, et Nelly qui le suit, marchent vers le nord de la capitale. Elle va abandonner son téléphone dans la boîte à lettres du commissariat du XIXe. Pourquoi pas, si cela peut les innocenter ? Pour l'argent, elle a une idée. Elle caresse le chien, à proximité du Père-Lachaise. Assise sur un banc elle est emmitouflée dans le blouson trop grand. À Paris, aux abords du cimetière, le vent du sud lève, dirait-on, les sables rouges du Sahara.

C'est Flo qui intercepte l'objet. Elle le glisse dans sa poche. D'où vient ce téléphone dont les données ont été effacées, à l'exception de la vidéo qu'elle regarde en boucle ? L'incendie de Caradoc : l'image bouge, les flammes prennent le château, le parc. On entend la voix de Zelda mais ce n'est pas elle qui filme. Flo hésite à appeler Ziad. Il est 2 heures du matin quand elle finit le sandwich mayonnaise jambon commencé la veille. Elle écoute le premier disque attrapé, essuie la poussière qui le couvrait, Ian Gillian, avance rapide, de titre en titre, jusqu'à *Smoke on the Water*, tant qu'on y est. Une nuit blanche, une de plus.

Adison a loué une voiture. Les deux frères sont satisfaits : Zelda est d'un calme déconcertant. Eux qui n'ont rien à envier à personne en matière de calme le remarquent. Leur intuition était juste. On longe un bras du lac, enroulés dans les couvertures qui se trouvaient dans le coffre de la voiture de location. Zelda est mal préparée au froid. Les rouges dégradés vont, on ne sait comment, du pourpre au rose au jaune au vert, dégringolent, sans rupture. Les lacs, qu'on longe : l'eau y est d'un bleu uni. Là-bas, au loin, les Adirondacks. Les premiers habitants arrivaient par le détroit de Béring qui n'était pas un détroit, alors, dit Ethan. On marchait sur la terre ferme, d'est en ouest. Zelda ferme les yeux un moment : le défilé des hommes d'autrefois jusqu'aux couleurs rousses d'ici et au froid surhumain est un mystère aussi grand que sa présence, à elle, non loin du lac Champlain, de Plattsburgh, de ces gens qui l'attendent impatiemment parce qu'ils ont peur du passé ou de qui leur en tient lieu. On avance le long des flûtes glacées que sont les monts les plus hauts, dominés par la glace et la pureté. Puis on fait demi-tour.

Direction Plattsburgh. Zelda s'endort dans la voiture, puis dans le train qui les conduit au terminus, Ethan a appelé Ron qui viendra les chercher, personne n'a dormi, préparez un lit, un peignoir, des vêtements adaptés.

Flo, la nuit suivante. Enroulée dans les draps, jambe mêlée à celle de Ziad. Elle ne bouge pas. Un téléphone sonne. C'est le portable de Ziad, dans la poche de sa veste. Elle se lève, le lui apporte.

Bien, dit celui-ci, encore endormi. Je dois filer.

Il embrasse Flo sur le front.

Dis, Ziad. Elle lui tend une tasse de café réchauffé.

Dégueu, ton café, je le prendrai au taf.

Dis, Ziad.

Flo, s'apprête-t-il à dire, épuisé de la discussion qui va venir, déjà.

Dis, Ziad, tu t'intéresses encore à l'incendie de Caradoc ?

C'est pas le moment, Flo.

J'ai quelque chose pour toi.

Elle lui tend le téléphone qu'elle a rangé dans un sac de plastique stérile.
Fais gaffe aux empreintes, j'ai rien contaminé, je crois.

III

Que te saltes,
te vueles.

1

Dick Hannegans s'est fait porter pâle un long mois. Le voyage à Ellis Island n'a rien donné si ce n'est que Dick s'est rendu compte que des Brauman, en quête de vie meilleure, il y en avait une multitude, venus d'Écosse au milieu des années 1850. Son chef le houspille. Dick, sous la paperasse à classer, camoufle un livre. Ce n'est pas de sitôt qu'il héritera d'une nouvelle enquête de terrain. Il n'a pas pu cacher son histoire de généalogiste écossais, il est comme on dirait poussé vers la sortie – où il se dirigeait, de toute façon. Sous la paperasse, le livre de Stevenson que son généalogiste paresseux n'a pas lu en entier. Il s'est fait avoir par l'homme d'Édimbourg ; ça lui apprendra.

Fin août 2023. Dick Hannegans frappe à la porte des Mackallar. Ron est-il seul descendant ? N'a-t-il aucun frère, sœur, oncle, tante ?

Seul, répond Ron, qui fait valoir qu'il l'a déjà dit. Quant à la famille Durrisdeer, il l'a répété sur tous les tons : il ne sait rien de plus.

Aida est derrière lui.

Une dernière question.

Dick Hannegans, à deux doigts de perdre son travail, fait comme on fait toujours dans ces cas-là : vous préférez me parler ici plutôt qu'au commissariat ? C'est dit sur un ton si hésitant qu'Aida éclate de rire.

L'affaire est classée, dit-elle.

Si vous voulez vous plaindre, vous le ferez devant mon supérieur, insiste Dick, brûlant ses dernières cartouches et rosissant de honte. Ma question est simple : disposez-vous du manuscrit des mémoires de votre ancêtre ?

Ron secoue la tête.

On m'a déjà posé la question. J'ai émis une hypothèse : Stevenson a eu en main l'original puis l'a détruit.

Dick : toujours au service d'Henry et toujours fidèle, savez-vous qu'Ephraïm Mackallar était fasciné par la figure du Maître ?

Ça suffit, dit Aida, qui s'installe entre le jeune policier et son mari. J'appelle votre supérieur et s'il veut nous voir, qu'il nous convoque. On en a assez de tous vos romans.

Mes romans, pense Dick, essuyant son front qui dégouline de sueur.

Cet homme, dit Ron, que vous appelez le Maître, était un homme fascinant. Beau, à ne pas en revenir. Charismatique. Talentueux. Quelle valeur aurait la fidélité de ce Mackallar dont je me fiche comme de ma première chemise si le Maître n'était pas irrésistible ? Vous le savez vous-même, qui êtes en train de perdre votre travail et quoi d'autre à cause de lui. Je me trompe ? Cher Hannegans, vous êtes *attrapé*. Je vous reconduis.

Ron prend les choses en main, il tient le jeune policier par l'épaule et lui dit à voix haute : ne foutez pas en l'air votre carrière.

Hannegans, ouvrant sa portière, insiste pourtant : avez-vous entendu parler du fils d'Henry, Alexander ? Ron glisse un morceau de papier dans la main de son interlocuteur. Lui intime le silence, c'est sans réplique. Le cœur de Dick Hannegans bat à tout rompre quand un peu plus loin, après deux virages et trois ronds-points, il arrête la voiture pour lire ce que Ron a écrit. C'est un rendez-vous. 11 septembre, 15 heures, Koffee Kat, rue Margaret.

25 octobre, à Plattsburgh. On n'en finit pas d'attendre. Zelda Zelda a voulu voir du pays et les deux gamins ont obéi. Smithson, on s'en doutait, s'est lassé et est parti. Aida est nerveuse. JJ dort sur le canapé du salon, une couverture écossaise jusqu'au cou. Toute la soirée il s'est montré aussi inquiet qu'excité. *Mais pourquoi donc avons-nous besoin d'elle ? À quoi jouent les gamins ?*

Personne ici ne sait que Ron est devenu l'ami du jeune flic qui les a harcelés, lui et Aida, depuis la découverte de Cumberland. Dick Hannegans, que son chef ne peut plus voir en peinture, a du temps à consacrer à ce qu'ils appellent *l'affaire du Maître ou le trésor de Ballantrae*. Ce n'est pas tous les jours qu'Aida a ses séances d'hypnose et que Ron peut rejoindre Dick. Ils connaissent scène par scène le roman de Stevenson. Ils partagent le même doute : ils ne croient pas à la fin.

De quel moment exact date la bifurcation opérée par Ron ? Du moment où, en une nuit de tempête, au mois de février, il s'est adressé, en secret, aux deux gamins impolis qu'il soupçonnait de jouer un rôle dans l'histoire ? Il y avait quelqu'un qui pouvait nous aider à y voir clair, disaient les garçons. C'est à ZZ qu'ils pensaient. Il faudrait un certain temps avant de la retrouver.

Ron est si impressionné par l'ancêtre en question qu'il s'y compare en secret. Même à Dick, il ne le dit pas. Ils ont ensemble émis une série d'hypothèses pour comprendre ce qui rompt aujourd'hui la vie la plus ennuyeuse qui soit. Les passages absents du journal de Burke ou de Mackallar premier leur apporteront des réponses. Ils sont assis sur les fauteuils club de cuir sombre, déchiré, du salon de Dick, jeune célibataire. Devant une bière, ils complètent leur liste, les fronts sont nombreux : identification du *suicidé*, recherche des manuscrits originaux.

D'où viennent les deux garçons qui se ressemblent comme deux gouttes d'eau, même si l'un semble plus jeune que l'autre, Ethan et Adison Anderson ? Comment ont-ils identifié Zelda et pourquoi pensent-ils qu'elle peut défaire les nœuds dans lesquels les policiers se prennent les pieds ?

Ron raconte qu'il les a rejoints, en cette fameuse nuit de tempête, après l'apparition de l'homme brun. Aida n'en sait rien. Aux yeux de sa femme, il reste l'homme discret et peu curieux qu'il a toujours été ou toujours joué à être.

Si dans la nuit qui nous mène vers le 26 octobre, Ron est impatient de voir venir ses invités, Zelda Zelda en tête, c'est qu'il pense que par le neuf et l'inouï ils vaincront le Maître – ou plutôt, il se reprend aussitôt : qu'ils viendront à bout du mystère qui a changé sa vie depuis bientôt un an.

Bien sûr, ce 26 octobre, il joue le rôle qu'on attend de lui : benêt parfait, dépassé par les événements, à des lieues de toute idée de trésor à chercher ou d'aventure à mener.

Dick, a-t-il dit, on n'a jamais parié.

Vas-y.

Les Anderson sont liés au Maître. D'une façon ou d'une autre.

Tu veux dire : au type qui vous effraie ?

Ils en savent plus que nous.

Ils mènent la danse, c'est clair, pas besoin de parier.

Tu te souviens, reprend Dick, de ce que dit Burke dans son journal ?

Ron fait non de la tête.

Leur amitié, à lui et au Maître, est semblable à celles qui unissent les chevaliers du roi Arthur.

Les preux chevaliers. L'un plein de bravoure, haineuse, l'autre lâche, chevalerie bon teint, bonne société.

L'amour, résume Dick, dont les joues rosissent.
L'amour, dit Ron, qui finit sa troisième bière.

Personne ne sait quoi faire de ça.

Alexander, fils d'Henry et de Milady Alison, naît le 17 juillet 1757. Il rend son père fou de passion. Si bien que Mackallar premier, toujours prudent, craint que cela ne gâte le caractère de l'enfant. Imaginez : s'il en faisait, à force de tout lui céder, un tyran pareil à celui qui s'est écroulé, vaincu par un frère, sur le champ de bataille et a semblé perdre le souffle, pour toujours ?

Semblé perdre le souffle : c'est ce dont il est question. Ça ne faisait, au milieu des années 1700, que commencer.

2

Le Maître a disparu, vive le Maître. Henry, fratricide convaincu, est triste à souhait. Au point que sa femme et Ephraïm Mackallar se relaient à son chevet, nuit après nuit. Jamais il ne dort: il rêve qu'on selle ses chevaux pour une fuite sans fin ni destination. Fuir maladie, lit, femme et fille, père et dévoué serviteur. Il rêve que son petit frère se noie. Il pleure, au réveil, à chaudes larmes, le danger dont il n'a su le préserver. Oh Jammy, oh Jammy, se lamente-t-il. Milady, à chaque nouvelle attaque de rêve ou délire, ramène sous son menton la serviette chaude qui panse le crâne rasé de son mari. Qu'il s'agace contre elle et la néglige, elle qui a pourtant pris son parti depuis longtemps et se méfie, comme du démon, de James, son premier mari mort revenu disparu de nouveau, c'est certain. Qu'Henry subisse pour cela les reproches du vaillant Mackallar, aussi honnête et fidèle qu'on peut l'être, c'est certain aussi.

Le retournement n'aura rien eu de prévisible. Bientôt Lord Henry et Milady Alison se réjouiront de la naissance de leur fils, en juillet 1757. Lord Alexander, dans ses couches, remplira la maisonnée d'un bonheur passager.

Nous ne sommes pas encore en 1757. Alors que pendant les nuits Henry gémit, fiévreux, son secrétaire lui dit : rassurez-vous, votre main n'est pas tachée du sang maudit. Henry, qui tentait de se lever pour retourner à ses papiers, sans passion mais courageusement, s'effondre. Il bégaie qu'il veut voir la tombe. *Où l'avez-vous enterré ?* Le ton monte. Il frappe de son poing le mur de son bureau, puis de son front.

Calmez-vous, je n'ai aucun endroit à vous montrer : vos mains sont pures. Évanoui, quelqu'un a dû transporter votre frère à bord du lougre qui l'attendait.

Les yeux d'Henry sont vides.

Vous parlez de James ?

Je parle de James.

Henry se déplace, face à la fenêtre, au ciel, aux oiseaux qui tourbillonnent sans souci.

Sur la mer, dit-il à voix très basse, les cormorans se réunissent sur le même brisant, n'est-ce pas ?

Mackallar craint le retour du mal. Il console.

Vous n'êtes pas un criminel.

Henry se retourne, fait face à Mackallar et, durement : il en faudra bien un. Restez sur vos gardes. Si mon frère n'est pas mort, il reviendra. Il reviendra pour briser notre vie. Vous le savez, Mackallar, vous le savez aussi bien que moi.

Fin de la discussion.

Tout le temps qu'a duré la maladie, jusqu'à la prise de conscience que de tombe au nom de James Durrisdeer, Maître de Ballantrae, il n'y en avait pas et peut-être il n'y en aurait jamais, tout le temps qu'a duré la maladie, Mackallar a pris des notes. Ce sont celles qu'on cherche maintenant – que possédait Stevenson. Celles dont l'écrivain s'est servi et celles dont il ne s'est pas servi. D'autres sont définitivement perdues : il s'agit de la correspondance entre James et Ephraïm autour de l'argent réclamé, accordé puis refusé. Brûlés, tous ces documents qu'Ephraïm appelait « ses armes ». Brûlés par Milady.

Quoi que nous fassions, si le Maître revient, nous n'aurons pas d'autre choix que de le recevoir, disait Alison. Ce domaine est son domaine. Il n'a pas un brin d'honneur ? À nous d'en avoir à sa place.

La joie envahissante à la naissance de l'enfant effraie Mackallar. Ce dernier est tellement craintif, qu'un jour, Alison, si noble, jamais un mot plus haut que l'autre, lui dit, en souriant, un brin amère, ce qui le blesse infiniment et qui, supposons-le, des siècles après, blessera encore son descendant unique, notre Ron 2023, quand il en prendra connaissance : *Mackallar, vous avez tout de la vieille fille.*

Lord Alexander grandissait, il s'intéressait à tout. Pas de gamin plus vif, plus curieux, plus agité ni plus gâté. Quand soudain. Quoi ?

Si Dick Hannegans n'a trouvé nulle part l'original du manuscrit d'Ephraïm, si bien qu'il a, avec Ron, la tentation de le penser inventé de toutes pièces par le romancier écossais tour à tour scientifique, juriste et maître en fictions, il lit et relit dans le roman les extraits du journal de Burke, rappelant quelques étapes de l'aventure du Maître aux Indes.

Le temps passait pour *la vieille fille* Mackallar, qui s'occupait tout autant de comptes de famille que de justice conjugale et d'éducation. Le temps passait aussi pour l'évanoui, pris pour mort, dont l'absence n'avait laissé qu'une tache rouge au milieu d'un champ clos aujourd'hui cerné de glycines, kiosque à musique pour les jours d'été. Le kiosque d'Alexander, disait Henry, qui baptisait tout du nom de son enfant.

C'est là où j'ai vaincu le diable.

Chut, lui intimait Mackallar.

Trop tard : l'enfant se passionnait, comme il se doit, pour le diable. Le diable a ceci de fascinant qu'il ne vieillit jamais.

Ce pauvre chevalier Burke se trouve en Inde. On ne peut dire plus vaguement. *Dans l'Inde*, même, il ne saurait lui-même dire où. Le propre des chevaliers est qu'il leur arrive, où qu'ils aillent, dans les champs sans nom, les cités, au pied des forteresses, des aventures. Ils connaissent duels, défis et rencontres inattendues. Dans la ville inconnue, pour une raison inconnue, notre Burke, fort vite et mal rhabillé, un violon sans étui sous le bras, l'épée à la ceinture, doit fuir. Le danger presse. De quel côté fuir, il est en peine de le dire, lui qui ne sait où est le sud, où est le nord. Il est accompagné d'un indigène – brave homme, dit-il. Qui n'a pas de nom, nous dit Burke dans l'extrait choisi par Stevenson, en tout cas pas un nom dont l'auguste chevalier se souvienne. Les voici tous deux, Burke et le sans-nom dégourdi et loyal, qui escaladent un mur de jardin, un autre, se retrouvent dans un enclos boisé, où malgré l'humidité, sous le vol d'un immense calao, ailes comme des mains gantées d'orange et bec cornu, ils s'endorment.

Une lumière blanche, au petit matin, les réveille. Le sans-nom va aux nouvelles et elles ne sont pas bonnes : un blanc vit ici, c'est un Anglais. Les Irlandais, comme Burke, sont du côté des Français. Il y a plusieurs types de blancs, dit Burke qui insiste pour voir l'énergumène qui vit dans la maison aux arbres humides et au calao majestueux. Vaste véranda, la lampe est mouchée, autour de laquelle deux hommes veillent. Ils sont enveloppés de mousselines. Deux indigènes.

Pourtant. Pourtant, dit Burke, l'un est bien connu de moi.

L'un n'est autre que mon camarade de piraterie et chevalerie. L'un n'est pas plus indigène que moi.

Burke est infiniment surpris mais pas l'autre, le néo-indigène. Burke parle à toute vitesse, en anglais il expose ses difficultés : il est poursuivi par les Anglais, il a besoin d'aide, il réclame l'hospitalité au nom de leur passé commun.

Le *sahib* ne comprend pas l'anglais, dit le camarade indigène.

Puis : vous vous êtes trompé. Diable, comment êtes-vous entrés dans ce jardin ?

Burke explose : vous êtes damné, dit-il au Maître silencieux qui ne montre aucun étonnement et semble en effet ne pas comprendre un traître mot de ce que dit l'Irlandais.

Le ton monte, jamais celui du Maître qui est, ici, le *sahib*.

Le camarade du *sahib* traduit : comment diable êtes-vous entrés dans ce jardin ?

L'épée est tirée et Secunda Drass, le camarade, montre, lui, son revolver. Burke tourne le dos, quand Secunda Drass le siffle afin qu'il se retourne : le *sahib* voudrait savoir si par hasard vous ne seriez pas un diable d'Irlandais.

Vous êtes fou, dit Burke, alors que le Maître s'incline et sourit. Je ne sais pas ce que c'est qu'un diable d'Irlandais.

Vous demanderez à Mackallar, dit l'hindou, traduisant toujours.

Cette digression intéresse infiniment Ron et Dick parce qu'elle prouve que Mackallar intéresse infiniment le Maître. Son frère Henry ne lui suffit pas. Pour le plaisir d'un bon mot, encore une fois il menace Mackallar et les autres, Catherine et Alexander, Henry et Alison, et même son père, le vieux lord.

Le jour J. 20 avril 1764. Ephraïm Mackallar s'est réveillé tôt ce jour-là : par la fenêtre ouverte sur la mer en furie volent de nombreux merles, noirs sur le noir de la nuit qui fuit. Le bruit du ressac, jusqu'au fond des tripes. Une sorte de mauvais pressentiment, un de ceux qu'on a une fois dans sa vie. Ephraïm entend des bruits de voix dans le salon au feu de bois.

Le diable n'a pas vieilli. Il est toujours aussi beau. Malgré les efforts d'Ephraïm pour le considérer comme un pauvre hère en quête de refuge, il faut reconnaître qu'il s'en tire bien dans cette histoire de temps qui passe. Il est accompagné d'un homme, qu'Ephraïm appelle *l'homme noir*, dont on pense qu'il ne parle pas l'anglais. C'est Secunda Drass, à qui Burke, avant Ephraïm, s'est confronté.

Allons très vite, les scènes se succèdent comme des morceaux de bravoure. Lord Henry est ratatiné devant la beauté des deux hommes venus des Indes.

Nous vous tolérerons ici un certain temps.

Puis : qu'on leur prépare le meilleur repas.

Lady Alison avance, derrière elle ses enfants. La main qu'elle tend. La blancheur de leur teint à tous trois, mère et enfants. L'exigence de se faire appeler Lady. Les merles volent, aller-retour par la fenêtre, il s'est mis d'ailleurs à faire jour, on ne s'en est pas rendu compte. Henry, Alison et les enfants s'en vont. Leurs visages sont de carton-pâte, blancs sous la lumière quand ils montent dans la calèche. Les merles sifflent. Les Durrisdeer ne reverront jamais leur domaine. On peut penser qu'Alison et Henry le savent, qui se tiennent par la main. Direction New York, via Glasgow.

La scène du notaire.

Je donne le toit, la table, le feu et la bougie à Monsieur Bailly, puisque Monsieur Bailly il y a. Je n'entends pas lui verser d'argent.

Compris, dit le notaire.

Monsieur Bailly nous a habitués à quelques frasques.

Ephraïm Mackallar, si honnête, tenace, conseiller conjugal, financier de Lord Henry, est seul avec le Maître et Secunda Drass. Ephraïm prend goût aux joutes verbales, et parfois, à les remporter. Il adore dire au Maître que non, il n'y aura pas d'argent, c'est fini.

Sauf si vous restez avec moi, dit Mackallar. Je vous ferai servir du vin et vous proposerai des chevaux de selle.

La vieille fille, dit le Maître, a de l'esprit sous ses jupes.

Cette sorte d'intimité croît entre le Maître, Secunda Drass et l'ancêtre de Ron. Une intimité faite de mauvaise humeur et de traits d'humour blessants. Mais aussi de longues conversations comme Mackallar n'en a jamais eu avec personne – passionnantes.

Je vais trouver où ils se sont cachés, maugréé le Maître. Je me donne quinze jours.

Frissonne la vieille fille.

Vous verrez, Mackallar, ils me paieront pour que je disparaisse.

Et il rit.

Ils me paieront : le Maître, toujours avide.

Nous partons, annonce le Maître par une nuit de tempête. L'orage a tonné toute la journée, la mer est déchaînée. Faites vos valises : il ne m'aura fallu qu'une semaine pour comprendre où ils ont filé. Nous les tenons. Vous venez avec nous, vieille peau.
La vieille peau gémit.

Où l'on apprend que le Maître a mis de l'argent de côté, qu'ils prendront le bateau à Glasgow, pour New York. Le bateau est un vieux rafiot, James sait faire avec les rafiots.

Payez donc votre voyage, Mackallar. Quant à moi j'ai ce qu'il faut pour Secunda et moi. Et je vous jure, dit-il au moment où le ciel se déchire et où l'éclair jette une boule de feu par la cheminée, je vous jure que vous serez sur l'océan malade comme un chien.

3

Au commissariat de Caradoc, Madame Maisel a été relâchée. Qu'elle reste joignable. Oron a reçu la vidéo de l'incendie, probablement prise au moment où les filles s'éloignaient à dos de poneys. Il n'est d'accord avec personne, surtout pas avec Ziad, qui plaide pour l'innocence des filles.

Soit, dit Beroco à un Orondegui effondré – un hamburger froid à moitié consommé sur son bureau, ses pieds l'un sur l'autre et le dos contre le dossier du fauteuil confortable qui remplace le mobilier d'État qui le torturait. Les mains cherchant, dans sa chevelure, ou plus profond, à démêler quelque chose. Beroco lui tend un café dans une tasse de carton. Il fait la grimace, l'avale brûlant.

Soit, répète Beroco, mais ça ne change rien. Il nous faudrait leur témoignage. Et le garçon à l'enveloppe ?

Une des employées de Maisel dit l'avoir vu, mais la façon dont elle le décrit, ange aux cheveux si blancs qu'ils éclairent la nuit, paraît à Oron et Beroco, qui jamais n'ont cédé aux sirènes oniriques, une sérieuse raison de le mettre en doute.

On sait qu'on cherche, de bonne foi, des explications à tout quand tout échappe, dit Beroco.

Son chef acquiesce.

Maisel croit à la fable, a ajouté le lieutenant.

La nuit était tranquille. Un incendie gigantesque, plusieurs prises de feu, se déclenchait. L'équipe technique trouvait des traces de l'essence qui avait servi de relais aux flammes. Il n'y avait plus aucun doute sur l'origine criminelle. Maintenant la vidéo, envoyée par Ziad, agrandie, est sur tous les écrans du commissariat. Si on pouvait tomber sur un début de début de piste. On commence à lasser tout le monde avec nos échecs. On n'a qu'un nom à la bouche : Nelly. C'est elle qui nous a fait parvenir la vidéo.

Pourquoi pas Zelda ? demande Oron.

Ziad reste vague et Oron le soupçonne un instant.

Ma légendaire intuition, inspecteur, dit Ziad.

Et si les filles étaient prisonnières ? Et l'homme au chapeau haut de forme, on avance ?

Rappelez-moi après le visionnage.

C'est parti, dit Oron, qui se redresse et croque, debout, dans le hamburger froid.

Écharpe de laine angora, long manteau noir, Ziad part à l'aventure dans les rues du XXe, qu'il est sûr que Nelly arpentait, pas plus tard que la nuit précédente. Il demanderait bien l'aide de Flo mais il résiste.

T'intéresses-tu vraiment à cette histoire d'incendie, Ziad ?

C'est ce qu'elle dirait, avec dans les yeux un peu de tristesse et beaucoup de lucidité. Il ne pourrait pas mentir. Il marche à grands pas dans la nuit fraîche, emporté par un élan qu'il sait chaque jour un peu mieux définir.

Il se fiche pas mal de l'incendie, en effet.

De l'autre côté de l'océan, Tall, de l'équipe technique qui a en son temps cherché à identifier les empreintes de l'homme du lac, comme l'appelle Dick Hannegans, rappelle, à minuit, le policier mis sur la touche.

En toute confidentialité : on a peut-être quelque chose qui vous intéressera.

Quand, où ?

Rendez-vous pris dans la chocolaterie préférée de Dick. Il a les joues rouges quand il arrive. Il serre la main de Tall. Le soir tombe, les roses flamboient dans le ciel, dehors.

L'affaire est classée, tu sais.

Dick fait un signe : bouche cousue.

On avait lancé des recherches Interpol. Les pays ont été lents à répondre. On a reçu un truc.

Et ?

Ça vient d'Écosse, une coïncidence d'empreinte, regarde un peu. Un certain Mury Clyde. Mon vieux, dit Tall, tu vas devoir te mettre à la généalogie.

Il a dit ça comme on dirait : bon, eh bien, courage, alors. Dick, le regardant s'en aller dans le froid, tapote un texto. Il sue à grosses gouttes. L'Écosse et la généalogie, on ne l'y reprendra plus. Il finit son chocolat, animé d'une sorte de puissance nouvelle.

On connaît de bons experts en généalogie ?

Un smiley qui boude.

On doit vérifier le lien d'un certain Clyde Mury avec ta famille ou celle des Durrisdeer.

Clyde Mury ?

Lui-même.

Demain midi, chez moi. Je serai seul. Et moi aussi j'ai une surprise, écrit Ron.

Ariel, le chien, va devant. La fille le suit. Elle a dormi dans le parc des Buttes Chaumont, dans le froid, engoncée dans un vieux blouson qui sent la sueur et l'humidité.

Vas-y, guide-moi, elle dit à Ariel.

Elle a coupé les mèches qui dépassaient du bonnet, il va falloir s'habiller autrement, qui sait si les gars de la station d'essence ont donné l'alerte. Boulevard Davout, C&A, dans une cabine elle essaie pantalons, pull-overs et blousons. Détache quelques antivols pendant que la vendeuse, qui adore les chiens, caresse

Ariel en lançant de temps en temps à l'attention de Nelly : ça va ?

J'hésite.

Elle se montre comme ci, comme ça, quelques pas devant la glace, boude.

Finalement je ne vais rien prendre.

La vendeuse câline Ariel tandis que Nelly enfile sous ses vieilles hardes celles qu'elle vient de libérer de leur équipement électronique.

Je vous rends ça, dit-elle à la vendeuse, faisant une boule indistincte des vêtements qu'elle laisse. La prochaine fois, Ariel et moi serons mieux inspirés.

Au coin de la rue elle se débarrasse, dans la poubelle, de ses vieilleries.

Est-ce qu'elle sait exactement ce qu'elle cherche ? Ça s'appelait Zelda, ça s'appelait l'aventure. Maintenant ? Pourquoi elle a livré son téléphone ? Ziad l'a reçu ? Elle ne s'éloigne pas du XXe, craignant de le rencontrer sans le connaître, craignant tout autant de ne pas le rencontrer.

Vas-y, dit-elle au chien, vas-y.

Elle s'en remet à lui comme à une boussole. Elle court derrière lui. Elle regarde chaque passant avec insistance. Un homme de belle prestance, une femme, rousse comme Zelda. Elle retourne rue des Gâtines, Ariel devant elle, qu'elle remercie : tant pis si je me jette dans la gueule du loup. Elle se cache derrière un panneau publicitaire, un homme tourne autour du numéro 3, là où elle a laissé le téléphone hier – vas-y dit-elle à Ariel, Ariel aboie trois fois, elle quitte sa cachette. L'homme se retourne.

Ziad, pense-t-elle si fort qu'il la voit et l'entend.

Nelly.

Il y a en effet des présences. On a beau agrandir, les personnages sont méconnaissables, aucun portrait-robot n'est possible. On les croirait nombreux, passant d'un arbre à l'autre. On regarde en continu, puis image par image.

Peut-être est-il seul, dit Bero, regarde.

Il pointe son doigt sur l'écran.

À courir plus vite que la vitesse ?

Ils sont deux, dit Oron, la main dans sa tignasse.

Arrêt sur image : on voit bien, sous le masque, les yeux clairs. Mais ici : il les a noirs comme la nuit.

La démonstration ne vaut rien, dit Nathalie.

En effet, reconnaît le chef, découragé.

Ce qu'il faut étudier, c'est le mouvement.

Laissez, chef, dit Beroco. On s'en occupe.

Ce qu'on cherche, c'est un carambolage.

Un carambolage ?

Si jamais ils sont deux, sur le même tronçon, demi-seconde ou millième de seconde d'image. Trois jambes, deux têtes, qui sait ?

Bero et Nath plissent les yeux, tendus vers l'écran, la main sur la souris pour un arrêt impromptu : c'est parti.

Dick sonne avenue Latour, au numéro 4. Personne ne répond. Aida n'est pas là, ni JJ. Pourtant Ron l'attendait, il avait même une surprise. Il sonne encore. Appelle. Les mains en visière, l'œil par la fenêtre du salon. Rien. Il entend, à l'intérieur, sans réponse, sonner le téléphone de Ron qu'il appelle. Il pousse de l'épaule la porte, de toutes ses forces, comme on voit dans les films. Il s'y prend à plusieurs fois. Il pense que c'est n'importe quoi, cette technique de l'épaule en avant. Il tourne la poignée : la porte est ouverte – quel con mais quel con, murmure-t-il. Il porte la main droite à sa ceinture, dégainer au cas où, au plus vite. J'exagère ? Il exagère et c'est ridicule mais il hurle : Ron ! Pièce à pièce, jambes écartées, pistolet en avant, main gauche dessus, retour à l'angle des murs, direction opposée, regard affûté comme une lame. Personne. La porte de la salle de bain grince : Ron gît, tête la première, une pluie de sang à terre. La scène : blessé à la sortie du salon, côté couloir, il s'est traîné ici, fuyant peut-être. Le robinet coule, il n'y touche pas. Il voulait boire, pense Dick, qui se penche sur l'artère carotide : le sang flue, lent. Il vit.

Dick mouille une serviette, lui humidifie les lèvres, tiens bon, tiens bon, il sort son portable, les services d'urgence seront là dans dix minutes, tiens bon, tout en compressant de toutes ses forces le trou qu'a fait la balle au flanc de son ami.

Ron dans l'ambulance, Dick cherche partout, sans contaminer la scène du crime, avant que n'arrive l'équipe technique, la surprise que voulait lui montrer son ami. Aucune trace de lutte. Son cœur se serre. Il montre sa plaque aux hommes en blanc. Le commissaire Blanchett lui fait face.

Je vais vous demander de quitter les lieux.

J'ai des choses à déclarer, répond Dick Hannegans, bon joueur.

Nous verrons plus tard.

Dick sait ce que ça veut dire : dégagez.

Vous ne voulez pas savoir ce que je fais ici ?

Tall qui fait partie de l'équipe lui lance un regard inquiet et complice. Blanchett, lui, toise avec mépris ce flic mis sur la touche, il est toujours là où il ne faut pas quand il ne faut pas. Dick dégage donc, ou semble dégager. Il connaît les lieux : la chambre de Ron et Aida, en bout de couloir. Il retient sa respiration. Ouvre, de la clef cachée sous le tapis, le secrétaire de merisier dans lequel son ami garde les documents concernant ce qu'il faut bien appeler l'enquête qu'ils mènent tous les deux sur le vieux Mackallar. Un jeu d'enfant : par-dessus les documents que Dick connaît, par-dessus un vieux chapeau que garde Ron, voici une enveloppe en papier kraft. Il la glisse sous son blouson. L'assassin n'a pas eu le temps de fouiller ? Ou bien il voulait qu'on la trouve ?

Que faites-vous encore ici ?

C'est Blanchett, qui s'est isolé pour passer un coup de fil.

Je dégage, chef, je ne fais rien que dégager.

Dick prend son air le plus contrit et ingénu.

Le début de la conversation de Blanchett : m'attends pas ce midi. Non je fais pas exprès.

Voix agacée de Blanchett. Dick Hannegans, à pas de velours, longe le couloir, comme s'il pouvait échapper non seulement à Blanchett et à ses hommes, mais à la situation, à la blessure de Ron, au mystère qui résiste et s'épaissit.

Il dégage.

4

Je suis logée dans une suite, dans un hôtel confortable, vue sur le lac, avec les frères Anderson. Il fait plus froid qu'à Caradoc. J'ai changé de retraite. Je ne sais pas si les deux frères me protègent ou me surveillent. Depuis l'agression de Ron, l'un vaut l'autre et tout le monde a peur. La menace que portait le mort, pendu, nous touche tous – Mackallar, Durrisdeer ou pas. Aida n'en mène pas large, Johnson Johnson encore moins. Le mort d'antan aurait tiré sur Mackallar ? Hypothèse en contraste : JJ a envoyé quelqu'un pour se débarrasser du mari. Ils ont tous éclaté de rire. Ce n'est pas un mari gênant et JJ a beau être un homme politique déplorable, reconnais au moins son opportunisme : ce ne serait pas le bon tempo. Justement. On ne pourrait pas le soupçonner.

Le soir, devant la cheminée : JJ n'a en effet aucun intérêt à se débarrasser de Ron. Le trésor l'intéresse et qui, à part Ron, a une chance de le découvrir ? Je propose qu'on se rapproche du jeune flic fouineur, Dick Hannegans. Il m'inspire confiance. Smithson fait remarquer qu'il a été exclu de l'enquête et qu'un certain Blanchett a pris le relais.

Je vous sers à quoi, au juste ?

C'est vrai, je craque un peu. Je tourne en rond autour du lac dans une chambre d'hôtel luxueuse que paient Ron et Aida. Les deux frères se regardent. C'est une technique : jeter les idées, voir ce qu'elles provoquent. Ce que j'apprends ici, c'est que les Anderson ont effectivement quelque chose à dire. Et qu'ils ne le diront pas. Je ne suis pas seule à utiliser la méthode de l'idée lancée à tout va. Aida tâtait-elle le terrain elle aussi, supposant la survie, contre toute raison, d'un vieux Maître vengeur du XVIIIe siècle ?

Soyons clairs, Aida : vous pensez à un fantôme ?

Elle n'avait pas répondu, des yeux cherchait JJ, qui n'était pas là, décence oblige. On se recueillait à l'hôpital devant le lit de Ron ; il luttait entre la vie et la mort.

J'ai dit encore, et les frères, concentrés, m'écoutaient : nous voici avec un mort sur les bras, pendu et inconnu, non identifié. Avec un blessé. Le premier portait une lettre menaçant le deuxième et les Durrisdeer. D'un, qui en veut à Mackallar ? De deux : qui sont les Durrisdeer ? Smithson m'encourage à force de petits hochements de tête et je poursuis : on a beau avoir envie de jeter le passé à la poubelle, on n'y arrive pas. Deuxième remarque : si on pouvait éviter de parler de revenants, de morts-vivants, je vous en serais reconnaissante. Conclusion : on a besoin de Dick Hannegans, qui peut l'appeler ?

Adison dit qu'il a son numéro.

Il est minuit.

Parions qu'il ne dort pas.

C'est vrai : il répond à la première sonnerie.

Le suicidé est un suicidé ou ça se discute ? L'affaire a été classée, et pourquoi ? Quel est le mobile du suicide si c'en est un ? Le mobile de la personne qui a tiré sur Ron ?

J'ai parlé trop vite.

Je fatigue.

Ce n'est quand même pas pour ces questions que je pose, que Dick Hannegans et Blanchett se sont déjà posées, auxquelles ils ont, eux, les capacités techniques de répondre, que vous m'avez fait venir ?

L'idée est tout, je dis enfin.

Nous attendons Dick. Smithson bâille, bientôt il somnolera. Je lui donne un petit coup de coude dans les côtes.

L'idée est tout, reprend après moi Adison, curieux. Comme pour m'aider à poursuivre.

C'est ma seule contribution à l'histoire de James et Henry Durrisdeer : l'idée, qui est le jeu du hasard, est tout. Au début de notre histoire, un coup de dé. Un coup de dé décide qui part à la guerre, qui n'y part pas. James, Henry. L'idée qui est tout s'extériorise :

on appelle ça une obsession. Celui qui voulait partir aurait voulu rester. Il déteste son départ. Comme il aurait détesté rester. Celui qui hait a des capacités d'amour inattendues. Celui qui aurait voulu partir, que le sort a assigné à demeure, sous ses airs de douceur, a des capacités de haine que l'idée déploie sans mesure. Celui qui est parti revient sous un faux nom, animé d'une envie de nuire sans fin, déguisé et espion. L'idée s'exacerbe. Henry grossit, vieillit, se ratatine ; James mincit, sombre plus que jamais, plus que jamais séduisant. L'un vit dans une belle maison à New York, où il a emménagé pour fuir son frère, l'autre s'installe dans une bicoque et devient couturier, non loin. De quoi faire honte à Henry et à sa femme, notre Milady, qu'il poursuit de sa méchanceté. L'un s'assied chaque jour devant l'atelier de couture et prend son air le plus moqueur. L'autre taille et coud. Tous les deux se regardent avec haine. Cette haine, seule en est capable l'idée toute puissante, gigantesque, qui prend les poumons, les airs, le passé, qui s'exalte, libre et sans entraves. Elle est ce qui sera, elle est la forme de ce qui peut être. On n'a aucune idée de l'idée, je dis : elle dépasse, de loin, les limites de l'homme. Deux géants s'affrontent.

Eh ben, dit Smithson à peine réveillé, c'est un bon résumé. Pour ma part j'en resterai là.
Dick serre nos mains avec chaleur. Ethan arrange les bûches dans la cheminée, le policier frotte ses mains

devant le feu, personne ne lui propose quelque chose à boire. Il tire, de la poche intérieure de sa veste, une enveloppe A4, en papier kraft.

Ça me rappelle quelque chose, je dis, Adison sourit.

Je peux vous faire confiance ?

Vous n'avez pas le choix, Blanchett vous a pas à la bonne.

Nous avons l'identification du suicidé du lac. Clyde Mury, de Glasgow. Ses empreintes étaient dans le fichier d'identités nationales en Écosse.

Silence attentif.

Dick sourit, petite victoire.

Je passe mon tour, dit-il.

Et il ajoute au cas où on n'aurait pas compris : je ne retourne pas en Écosse. Je veux rester près de Ron.

Quand j'ai prévenu Ron, il m'a invité chez lui, ce fameux midi, raconte Dick. Il avait une surprise pour moi. J'ai pensé qu'il avait dégoté un arbre.

Un arbre ?

Généalogique, composé par un de ses parents. Ensemble nous avions cherché le journal de Mackallar premier et celui de Burke.

Et ?

Aucun résultat, on dirait des personnages de fiction. Comme toute surprise, Ron gisait dans son sang, dit encore le jeune policier aux joues roses. Puis il s'est déshabillé devant le feu, tout en parlant.

Par la fenêtre, dans la nuit, je vois voler quelque chose. C'est un goéland, que nos lumières d'intérieur rendent phosphorescent. L'idée est de simplifier le travail, de le réduire à une quête qui se tienne loin de tous goélands, visibles ou invisibles. Ce qui m'intéresse, c'est ce que cache l'enveloppe kraft que Dick a posée sur ses genoux.

Au lieu de la surprise, vous avez trouvé ceci – je désigne l'objet de ma curiosité.

Smithson ronronne. J'ai quelques instants d'hésitation car le goéland s'est installé devant chez nous, à la porte-fenêtre. Il va frapper de son bec au carreau.

Alors, dis-je, impatiente.

Dick ouvre l'enveloppe.

Je ne sais si…

Quelqu'un sait ?

Non, reconnaît le policier qui n'est pas en odeur de sainteté auprès de sa hiérarchie. J'ai un ami, dans l'équipe technique, qui

OK.

C'est un vieux document. Tall, l'ami, pourrait dire si c'est un faux ou bien.

La tension monte.

C'est signé par le gouvernement whig de l'époque, dit Dick, paniqué.

Whig ?

Opposé aux jacobites qu'a suivis le Maître, James, dit Smithson qui ne dort que d'un œil. Qu'il referme.

C'est un faux, pense Dick Hannegans. De 1768, par là.

Un faux d'époque ou la copie fausse d'un document authentique ?

Tall…

Vous allez nous faire attendre longtemps ?

Un pamphlet, à coup sûr.

On a compris.

Le goéland me fixe. Dick enfin ouvre la lettre. Il la lit, nous regardant de temps en temps, interrompant sa lecture, affolé.

Le Maître de B. va recouvrer son titre. Commis dans des événements peu honorables, il s'est amendé, se mettant au service du gouvernement whig. Quant à son frère, il perdra honneur, rente, châteaux, lui qui a quitté l'Écosse pour New York d'une bien peu noble façon. Nous destituons également son héritier, Alexander D, élevé dans des principes honteux.

La sueur coule sur son front, jusqu'au nez, il ôte ses lunettes pour l'essuyer.

Smithson retrouve la position assise.

C'est ridicule, je dis.

Ridicule ?

Le Maître avait gagné. Or s'il avait gagné, que ferait-il encore des siècles après à effrayer son monde ?

Je reformule : que ferait *on ne sait qui* à jouer au Maître qui effraie son monde ?

C'est la revanche d'un qui veut tout gagner, fût-il jadis gagnant ou perdant, dit Ethan qui n'a pas dit grand-chose jusqu'ici.

Jadis, je répète.

Soudain je suis au bord des larmes.

Dick ajoute : comment Ron s'est-il retrouvé en possession de ce document ?

C'est ce qu'il nous expliquera.

Ici, il convient de s'arrêter un instant. Parce que non, Ron n'expliquera rien au sujet du document trouvé par Dick. Mais n'anticipons pas.

Il est 4 heures du matin quand Dick Hannegans, qui doit appeler Tall dans quelques heures parce que la première chose à faire est de dater le parchemin et d'y trouver des traces d'ADN, affronte de nouveau le froid. Je verse de l'eau chaude sur son pare-brise gelé : le goéland est toujours devant moi.

Que fais-tu si loin de la mer ? ai-je envie de lui souffler tendrement avant de me rendre compte que c'est une question adressée, en vérité, à moi-même.

Moi-même ? Dick a démarré depuis un moment alors que je suis encore dans le froid, devant la route, cherchant des yeux l'oiseau de la mer qui ne se montre plus.

5

À qui demander ça à part à Flo ? Chez lui, il n'en est pas question. Il vit au dernier étage d'un immeuble de la rue de Flandres, son appartement est squatté par le vieux Chuck, ses deux chats du moment, sa contrebasse. C'est provisoire, a dit Chuck quand il s'est installé ici il y a plus de six mois. Chuck n'a toujours pas entrepris la cure de désintoxication promise, les chats s'échappent, qu'il course dans l'escalier. Parfois il tombe, se casse une côte, ce qui explique l'immobilité qui suit, la paresse, le report de la cure. Les soirées sont longues devant la télé ; la contrebasse, contrairement aux chats, dort profondément. Parfois, Ziad, devant un sandwich au fromage rance, rentré plus tôt que d'habitude, écoute Chuck réveiller l'instrument. *Alice in Wonderland.* Le silence suit, long à souhait, les bières. Chuck et Ziad s'endorment sur le même canapé. Tu pourrais te doucher plus souvent, Chuck. Alice, de nouveau.

Donc, Flo. La nuit est tombée. Ils passent par la porte de derrière, Ziad a les clefs. Il a caché Nelly dans une ancienne salle d'attente du commissariat qu'il connaît comme sa poche. Pour rien au monde il ne voulait perturber Flo sur son lieu de travail. Il a changé le bonnet de Nelly par un autre, rouge, plus c'est voyant moins on te voit. Ils sortent, au bras l'un de l'autre. Prennent un taxi pour plus de prudence. Ziad compose le code de la porte d'entrée de Flo, se faufile dans l'escalier, le bonnet rouge suit, obéissant.

Caradoc. Les empreintes prises sur le téléphone ont donné les résultats attendus : ce sont celles de Nelly. Ils ont passé la journée sur les images de l'incendie. Beroco et Nath ont les yeux rouges. Le soir, ils sont convaincus qu'il n'y a qu'une seule personne et que celle-ci va d'arbre en arbre pour disparaître. Nelly qui filmait s'éloignait progressivement alors que l'incendiaire n'avait pas fini son œuvre.

Il manque trop d'informations, Oron.

À moins que ?

Il est 23 heures, Nath est rentrée chez elle et Beroco appelle un vieil ami.

Tu sais qu'il est l'heure exacte où je m'apprête à rentrer chez moi ? dit Omar.

Passons – jusqu'à ce que la conversation devienne intéressante.

Oui, Google qui fait la course à l'intelligence artificielle travaille sur un logiciel permettant de combler les vides d'une image pixelisée. Ça ne sera pas commercialisé avant deux-trois ans. Ça fonctionne, poursuit l'ami chercheur, par comparaison, en quelque sorte. Par hypothèses. Tu as du rose ? Le logiciel cherche ce rose dans les images qu'il a en stock. Puis suppose, dans le vide de ton image, ce qui est à 80 ou 90% à côté du même rose dans les images du stock. C'est l'idée.

Dis donc, Omar ?

Omar ronchonne, il a promis d'être là de bonne heure pour les enfants, il est 17 heures à New York. Raté.

Les deux amis composent, à partir de l'image la plus claire qu'on ait, un portrait-robot.

Rien de sûr, tu me suis ?

Cet art de l'imagination : il est 6 heures du matin quand Beroco imprime l'image. Un homme entre vingt et trente ans, brun, le nez droit, aquilin, le sourire narquois. Des lèvres fines sur des dents qui se chevauchent légèrement. Je te vois, je te vois, dit Beroco à haute voix. Il y a une tristesse en toi. Demain on fera venir Maisel et compagnie, qui sait. Il y a une tristesse, une grandeur en toi.

Bero prend des notes sur le carnet qui ne le quitte pas. La pensée galope plus vite que son crayon. Maisel. Les soignantes. La gare, les vidéos de surveillance. À 8 heures l'inspecteur, profondément endormi, la tête sur ses mains, sur le bois du bureau, ronfle quand Orondegui, matinal, le réveille.

Des nouvelles ?

Bero montre le portrait-robot.

Comment t'as fait ?

Avec l'avenir, chef.

Rien que ça.

Il vous dit quelque chose ?

Expressif.

C'est pas tout.

Au milieu des flammes, perdu là comme par hasard, on ne l'a pas vu au début tant on était concentré sur le ou les personnages, on a un oiseau de mer.

Une mouette ?

Un goéland, je dirais.

Il montre l'image à l'arrêt, faut pas le rater, il est là.

Là.

Qu'est-ce qu'il fout là ?

Oron fourrage dans sa chevelure puis :

On se concentre. La Maisel.

Oui, chef. Sachant que ce n'est pas un portrait sûr : le futur a ses limites.

Oron s'assied à son bureau, allume l'ordinateur, attend.

Nous, on n'a même pas Windows 10, dit-il rêveur, les yeux sur l'écran qui met un bon quart d'heure avant de s'allumer.

Beroco se fait un café bien mérité.

Nelly, Ziad et Flo sont réunis. Nelly a pris une douche. Et maintenant ? demande Flo.

Zelda a traversé l'océan, ma main à couper.

Ziad acquiesce.

Ce que je ne comprends pas, dit Flo, c'est pourquoi tant de mystères. Préviens les deux types de Caradoc, ils se donnent du mal.

C'est un ordre ?

Un ordre.

Flo sourit.

On y va ? demande Nelly.

On va où ? Zelda n'a plus jamais communiqué. Sa piste est perdue.

Tu as essayé d'appeler ?

Trop souvent, comprend Flo à la tête que fait Ziad.

On sait qu'elle est à Plattsburgh, dit Nelly, lovée contre Flo, sur le grand canapé du salon.

Flo à Ziad : tu ne veux pas dire aux policiers de Caradoc que tu as aidé Zelda à fuir ?

Il ne répond pas.

Je voudrais un signe, dit-il enfin.

Vers quoi courons-nous ?

Nelly éclate de rire : la route est prise. C'est ce qui compte.

C'est vrai, dit Flo.

Elle caresse le chien, Ariel.

Je sais à qui on va te confier, toi, dit Ziad. Chuck a des chats qui adorent les chiens.

Personne n'a vu l'homme brun aux cheveux bouclés, sourire expressif, que le logiciel a composé. Les affiches sont sorties de l'imprimante : on les placarde à Caradoc. C'est à double tranchant, on va se perdre en fausses pistes. En réalité, le premier appel n'a rien à voir avec le portrait-robot. C'est Ziad Zerdoumi au téléphone.

J'écoute, dit Orondegui.

Il écoute. Il fait une tête que Bero essaie d'interpréter, sans succès. Orondegui est étonné puis il dit hum, puis il dit non, enfin oui, il ne sait pas, il regarde, effaré, Beroco, on dirait qu'il cède du terrain, qu'il recule devant quelque chose de puissant, d'inconnu, de nouveau. Il prend une des affiches de l'homme, la regarde comme s'il voulait en percer le mystère, toujours le téléphone à l'oreille. Il fait oui oui de la tête, comme si son interlocuteur pouvait deviner. Oui oui.

Quand il raccroche il dit à Beroco, comme se parlant à lui-même : qu'est-ce qu'on va faire de lui ? Il désigne l'image-robot.

Il est hypothétique, répond Bero.

Qu'est-ce qu'on va faire de notre hypothétique incendiaire ?

Personne ne répond, Nathalie est arrivée, qui s'extasie sur le travail de son collègue. Puis elle rompt le silence : vous avez vu, on a un oiseau de mer sur les lieux.

Oron voudrait du silence.

Une mouette.

Un goéland. Au bec jaune, réplique Beroco. Si on peut en juger.

Il bricole sur son ordinateur, les yeux cernés. Il agrandit l'image fixe de l'oiseau. Une amplification d'oiseau. Une tâche, floue, dans laquelle installer ce qu'il y a de plus beau. Il marmonne, fatigué : y a qu'à imaginer.

6

20 novembre. Blanchett a fait prélever de l'ADN sur Aida, sur JJ qui, élu à présent, se montre prudent, ne fait plus parler de lui. Sur Dick. Sur les fibres des vêtements de Ron. Sur les poignées des portes. Blanchett s'est rendu à l'évidence : Dick Hannegans, s'il ne rejoint pas l'enquête, en est un témoin important. À ce titre il l'a entendu et le policier n'a rien caché : Ron Mackallar est la cible de menaces dont on peut penser, à première vue du moins, qu'elles viennent du passé. Il faut retrouver les héritiers descendants de la famille Durrisdeer, menacés eux aussi. Blanchett tique.

Nous suffisent drames et crimes présents.

Dick poursuit devant l'ironie de son chef : Clyde Mury s'est suicidé à Cumberland, il vivait à Glasgow.

Blanchett éclate de rire. Le passé, le futur et l'océan par-dessus le marché. C'est vrai, quoi, on n'a que ça à faire.

Il finit par tapoter l'épaule de Dick. Il accepte pourtant, de mauvaise grâce : on fera analyser l'enveloppe dans laquelle était le document attestant que le Maître retrouvait son titre et qu'Alexander en était destitué. Tall va s'en occuper.

Dick, à propos de Zelda : qu'est-ce qu'elle fait là à part jouer à des jeux stupides avec les deux immatures qui lui servent de guides ou de geôliers ? Elle l'a écouté et l'Écosse ne l'a pas effrayée. Retourner la voir dans la suite somptueuse, devant le lac, qu'elle partage avec les gamins ? Le plan de Dick : suivre la piste écossaise, sur les traces de Clyde Mury. Que faisait-il chez nous ? C'est lui qui nous conduira sur la piste des descendants d'Henry, que son frère a rendu fou. Dick sait pourtant que c'est seul qu'on devient fou. Il pose une main sur le front brûlant de Ron qui respire tranquillement.

Les trois premiers, Ziad, Nelly et Flo, sont arrivés. Ça n'a pas été très compliqué. Après qu'Oron a renoncé à l'avis de recherche concernant Nelly, on a pris les billets et le large. Burn-out pour Flo, quant à Ziad il est officiellement en mission, et ses interlocuteurs habituels ne sont pas autorisés. 25, McCarthy Drive, à Plattsburgh : on demande Nathan Bud – ou Bird, insiste Nelly. La fille aux cheveux teints, roses aux racines, répond, mastiquant quelque chose, qu'il n'y a personne ici répondant à ce nom.

C'est pour ?

Les Français ne répondent pas, l'hôtesse leur lance un regard noir et rature devant elle sa grille de mots croisés, nerveusement.

Albany, pour rencontrer notre avocat ? Ou Plattsburgh et au petit bonheur la chance ?

C'est Flo qui pose la question.

Albany, décide Ziad.

Une visite guidée du Capitole ?

Quatre heures plus tard, on se sépare : rendez-vous dans le South End à 21 heures. La neige tombe, régulière. Le pire, c'est le vent qui prend le souffle, glace joues et mains. Les flocons traversent l'espace à l'horizontale. Les gants de laine de Flo ne sont pas adaptés. Elle marche légèrement derrière Ziad. Nelly est partie de son côté. Le ciel est presque noir, on est en tout début d'après-midi.

Caradoc, Orondegui, Nathalie et Beroco se préparent à leur tour. Dès que Ziad donnera le signal, ils prendront leurs billets d'avion. Ici, à Caradoc, aucune nouvelle du suspect numéro 1 – l'incendiaire au goéland, comme on l'appelle.

Ziad a enregistré sur son téléphone le portrait-robot, le regarde de temps en temps sur l'écran de veille de son téléphone.

Le Capitole, style néorenaissance, se visite, en effet. Flo et lui y sont entrés en dehors des heures proposées.

Nous cherchons un membre de la Chambre, Johnson Johnson.

Il vient d'être élu, ajoute Flo.

Carte glissée sur le bureau de l'officier d'accueil.

Appelez mon référent, si vous voulez, dit Ziad, qui ajoute, sur celle de Flo, sa carte de visite, Direction générale de la sécurité extérieure. L'officier, sérieux comme un pape, leur donne l'adresse d'un hôtel de luxe. Flo se faufile après Ziad dans le froid mordant : un spa, tout à fait ce qu'il nous faudrait.

Notre homme loge au dernier étage de l'hôtel Renaissance, vue sur l'Hudson, comme il se doit. Il accepte la visite de Ziad et Flo – quelqu'un s'habille dans la salle de bain, une jeune femme. Puis Ziad lui tient la porte : nous n'aurons pas besoin de vous, je vous en prie, Mademoiselle. JJ va pour protester mais renonce. Il se tient bien droit, face à Ziad qui le dépasse d'une tête. La quarantaine, beau gosse, un peu trop.

Vous devez avoir une bonne raison.

Devant le silence : dire qu'on m'a vanté la politesse française.

On vous a bien eu.

Je me trompe, dit Ziad, ou vous ne semblez pas complètement à l'aise ?

Je ne vous suis pas.

Si je vous dis Mackallar ?

Je n'ai rien à voir avec tout ça.

Il va falloir m'expliquer *tout ça*.

On lui a tiré dessus, dans sa maison de Plattsburgh.

Les trois Français ne savaient pas. Et si on allait prendre une douche ? demande Flo. Elle réchauffe sa main gauche entre la hanche et le bras de Ziad. Tout ça ne nous dit pas où est Zelda. Ni pourquoi l'avocat est si nerveux.

Vous saviez qu'Alexander Hamilton était mort en 1804 des suites d'un duel contre Aaron Burr ?

C'est Nelly qui raconte sa journée.

Un grand homme, notre Hamilton. Sans qui nous ne serions pas ici, à Albany. Le fils d'un Écossais. Devient homme à tout faire dans une grande maison. Et puis c'est l'ascension : seul responsable des affaires de son employeur, un certain Cruger. Pas sûre du nom, hein. Parle français dans les colonies anglaises : un fait rare. Un autre fait rare : il est bisexuel, en tout cas il entretient une relation épistolaire amoureuse avec John Laurens, me demandez pas qui c'est. Il se marie, c'est d'époque. Avec l'héritière de la famille la plus riche de New York. C'est fou, non ? Je continue ?

On a l'adresse de Zelda, annonce Flo. Nelly en oublie aussitôt le grand Hamilton.

7

Zelda, Ethan et Adison sont allongés dans le grand lit devant la baie. Les eaux gelées du lac, le ciel gris sur la couche de bleu roi où se reflètent des eaux cristallines. Ethan et Adison jouent, *Reign of chaos*. Zelda, qui a réclamé, en vain, le téléphone portable prépayé donné par Ziad laisse tomber son livre sur le sol. Les garçons ont de l'avance sur elle, elle ne sait pas laquelle.

Vous savez ce qui s'est passé dans les Adirondacks ?

Ils ne lèvent pas le nez.

Quand Henry est parti derrière le Maître pour chercher le trésor ? Quelque chose m'intrigue.

Elle avance un pion. Ethan arrête de jouer.

Ils ne trouvent jamais le trésor. On est d'accord ?

Hum, fait Adison sans s'interrompre.

Vous y croyez, vous, à cette fin, dans le livre ? Les deux géants meurent, l'un d'inanition, l'autre d'un choc après un stress accumulé depuis des années ? Ephraïm Mackallar écrit leurs noms sur les tombes, ils y reposent et fin de l'histoire ?

Adison Anderson fait remarquer que c'est elle, depuis le début, qui refuse de croire aux revenants.

Il la regarde de ses immenses yeux bleus, écarquillés.

Il y a autre chose. Avant de partir aux États-Unis, les Durrisdeer voient un notaire. Mackallar est présent et sans lui on ne saurait rien de cette histoire de notaire. Avec lui, on ne sait pas grand-chose non plus. Il explique ce qu'Henry prévoit comme vexations pour son frère mort et revenu, jamais ce qu'il prévoit pour les siens, pour Catherine, pour Alexander, qu'il aime tant, jamais il ne dit ce qu'il fera de la fortune, devenue sienne, de Milady. Pourtant c'est le début de la fin. Henry est engagé dans un combat qui n'aura pas de terme. Il le sait, son frère renaît chaque fois de ses cendres. Et il a beau se hisser à la hauteur de l'idée obsédante, devenir le double haineux de son frère, il n'est pas taillé pour.

Le goéland, encore : il survole, seul, les eaux miroitantes. Zelda l'observe tandis que les garçons en profitent pour retourner à leur écran.

On ne sait combien de temps Alison survit à Henry mais Mackallar continue à la servir. C'est une certitude. La *vieille fille* n'a pas d'autre famille.

C'est vrai, fait Adison.

Écoutez plutôt : sur le tard, le secrétaire rencontre à Albany une jeune femme. Allez : une veuve. Il ne brille pas d'un charme naturel, il est peu susceptible de séduire. Il n'a pas grand-chose à donner, si ce n'est des leçons. La veuve a un enfant. À Mackallar il faut un héritier.

Les deux garçons ont mis leur partie sur pause.

Pourquoi ?

Tout bien réfléchi, il a autre chose que des leçons à donner.

Silence.

Zelda désigne le livre tombé par terre : est suspect tout ce dont Ephraïm ne parle pas.

À quoi tu penses ?

Petit un, ou Mackallar a intrigué auprès d'Henry pour hériter. Ou il a trouvé le fameux trésor. Ou les deux.

Et ?

Quelqu'un est mécontent.

Le Maître.

Geste agacé de Zelda : pas seulement.

Elle pense, comme Dick, à la descendance d'Henry.

Pour moi, le notaire écossais, avant que la famille Durrisdeer ne file aux États-Unis, a tout arrangé avec Mackallar. La scène est indigente alors que le secrétaire est si bavard, d'habitude. Il se contente ici de raconter comment Henry prend le pouvoir sur le Maître, comment on va lui concéder la maigre rente qu'il mérite. Et ça, ça plaît beaucoup à la vieille fille.

Vieille fille intéressée ?

Par contamination ? Par climat de haine vivante entre deux hommes, au beau milieu des Highlands puis dans les montagnes de neige, par ici ?

Elle montre l'Est.

La haine des jours de mers en furie, de sables mouvants, de montagnes inaccessibles ?

Ethan rallume sa tablette.

Peu importe, en fait, dit-il.

Il fait un froid de loup. D'ailleurs, la nuit, on entend le chef de meute hurler. Les loups ne s'approchent pas des hommes, surtout quand ils comprennent que ces hommes sont des loups. James a retrouvé Albany, notre contrebandier d'autrefois. À l'époque, sur le bateau qui rentrait au pays, le Maître, avec Burke, voyageait. Albany sait qu'il y a un trésor caché, le Maître l'a engagé pour l'aider à le retrouver. Ils se sont entourés d'hommes sans scrupules. S'ils ont besoin les uns des autres pour avancer, chacun rêve de la disparition des autres ; ce rêve n'a rien de secret. Ce petit monde avance tant bien que mal : les montagnes sont de plus en hautes autour d'eux, de plus en plus transparentes, à se confondre avec les ciels. Nous suivons des chemins tracés entre les bois, évitant les zones boueuses. Le Maître les tient par la promesse du trésor. Et ils tiennent le Maître. Ils ont décidé, ils ne prennent pas la peine de le taire, de s'en débarrasser, une fois sur les lieux. Le Maître est coincé. Il partage avec son ami Secunda Drass ses inquiétudes. De l'avis même d'Ephraïm Mackallar, le Maître a changé de visage, de ton et de façons de faire. Ses habitudes autoritaires perdent en efficace. Les gars, Harris, Hastie, les autres, ricanent quand il ordonne. Harris rappelle à la bande de pirates à quel point l'impulsion est mauvaise conseillère : comment trouver sans lui le trésor ? Vous y renoncez donc ? Et Harris, toujours lui, a compris avant tout le monde que Secunda parle et entend l'anglais, alors qu'il feint le contraire.

Notre bande de repris de justice, pour qui le Maître n'a jamais été ni ne sera ce qu'il est pour nous, une obsession totale, immortelle, s'est réunie dans le camp, sous les bois aux frondaisons rouges, pour délibérer une énième fois du sort à réserver à celui, ce n'est pas un jeu de mots, qui nous mène en bateau. Ne manquerait plus qu'une attaque indienne là-dessus : le frémissement dans les frondaisons n'a pas échappé à Harris-le-raisonnable. Ce n'est pas un Indien. Derrière l'arbre, la silhouette fuyante est celle de Secunda. Si cet homme nous épie, c'est qu'il nous comprend. Les conspirations opposées vont bon train, Mackallar le raconte, à qui l'a raconté Albany à qui rien n'a échappé mais qui s'est échappé – les mains vides, seul survivant et témoin de la plus ratée de toutes les épopées.

C'est à peu près au même moment, sans doute, que Mackallar, à Albany, se désespère de savoir que les pleurs d'Alexander n'ont pas su retenir Mylord, qu'il sert. Henry a tout quitté en quête de son frère. Sa mission est sacrée. Il court derrière son histoire d'amour, la seule, au fond.

On s'en doute, Mackallar enfourche son cheval et suit son maître, qui suit et cherche le Maître.

Massacrons le Maître sur le champ, ont dit les autres, une fois encore. Une fois encore, Harris les a calmés. Harris vise comme les autres le trésor, sans doute calcule-t-il même ses chances d'y avoir, seul, accès. Il est plus pragmatique que les autres.

Il a fallu abandonner les canots qu'on portait à bras le corps pour continuer, dans la boue, avec précaution, à pied, entre deux bras de fleuve. Le plan de Secunda et du Maître est le suivant : se sauver, parce qu'on ne fera pas le poids et parce qu'Henry n'arrive pas, qui est le seul qu'on souhaite ardemment défier. Le plan se casse la figure. La suspicion est exacerbée, les forces inégales. Le Maître n'en a rien à faire des Harris, des Wilson, des Mountain, des Hastie. Rien à faire.

Le front du Maître, le soir, au campement, demeure absolument pur de tout souci. Il donne réponse à tout, à tous, il plaisante, se moque, renverse les situations, en une lutte sans égale pour la vie, l'humour et la domination. Même quand la bande de pirates leur retire, à lui et Secunda, leurs armes, lui et Secunda chantent et mangent avec la bande qui fomente leur mort. Personne ne comprend ce calme sans feinte. Ils l'ont pourtant énoncé clairement : le Maître ne survivra pas à la découverte du trésor. De l'autre côté, pas de trésor sans Maître. Chacun est otage de l'autre.

Il y a un détail sur lequel on n'a pas assez insisté : si le Maître et Secunda plaisantent et chantent, ils mangent, aussi.

Pendant ce temps : à cheval, Mylord, Mackallar et Sir William Johnson, diplomate de passage à Albany, excité par les faits, ami et conseiller de la famille, sont sur les traces du Maître. Il faut abandonner les chevaux. Dans le désert, ils se couvrent la tête contre le vent et le soleil. Toute la contrée, du désert à la forêt aux marécages, Henry l'imagine foulée devant lui par les sabots des chevaux et les pieds lourds des hommes de son frère. Devant les yeux d'Henry devenu fou, et Sir William Johnson se demande s'il ne faut pas tout arrêter pour l'interner sans délai, s'esquissent, par centaines, de petites taches. Ce sont les os blancs et secs de son frère.

Allons, vieille fille, plus vite, plus vite, il faut les rattraper.

Dormir le moins possible. Mackallar parlemente. Les campements s'organisent. Sir William se débrouille pour que nous n'ayons pas à chasser nous-mêmes : on nous apporte le gibier, d'escale en escale. Les canots sur les bras des fleuves puis l'abandon des canots au bord des chemins, comme l'ont fait, les premiers, les hommes de mon frère – dit Henry. On est sur la bonne voie. Mackallar tient le coup. Il écoute la nuit Henry répéter aux oiseaux en bataille : mon frère est au plus profond de ces bois.

Pendant ce temps, au plus profond de ces bois, Secunda et le Maître annoncent : nous sommes tout près du lieu désiré.

Demain je vous y mènerai, dit le Maître à la bande.

Sans armes, surveillés sans cesse, nuit et jour, par Harris et les autres qui se relaient, impossible de s'échapper. Pas grave, on chante des chansons à boire et mange copieusement, en cette dernière nuit.

Cette dernière nuit est bien agitée : va-et-vient de Secunda, il quitte la tente du Maître et y revient, ostensiblement, plusieurs fois. Il fait bouillir, sur le feu, de l'eau. Harris est en armes : le Maître fait une indigestion, explique Secunda. Le lendemain, l'indigestion ne s'est pas calmée. La fièvre embrume les pensées du Maître. Les individus de la meute se présentent, tour à tour.

Je peux, dit le Maître d'une voix faible, indiquer la localisation du trésor, mais vous devrez y aller seuls.

On aide Secunda à le soigner, le temps n'est plus à tuer. Le teint du Maître est pâle, le voici au seuil de la mort. Secunda Drass pleure. Certains hésitent à croire. Ils croient et ne croient plus et passent les jours et passent les nuits. Les pirates refusent d'aller tous ensemble au trésor : des fois que la maladie ne soit qu'un piège et qu'au retour, bredouilles, ils ne trouvent ici ni le Maître ni Secunda. Ils ne se sépareront pas non plus tant ils savent ce que feront les premiers à trouver le trésor. Tout le monde est piégé. Une indigestion – ou la fin de la quête au trésor.

Henry est loin encore, qui fouille les bois, cherche son frère dans l'immensité, sous le regard hautain des montagnes translucides que le ciel dévore.

La troisième nuit, un cri déchire les espaces. C'est le cri de Secunda. Le Maître n'est plus. Son teint est blanc comme les monts là-haut, son cœur ne bat plus. Personne ne sait ici que c'est la deuxième fois que le cœur du Maître ne bat plus. La bande jure puis entoure le trou que Secunda creuse. Il enterre son ami. Il pleure. Il prie.
Tout le monde fuira mais à part Albany, qui fera à Mackallar le récit de ce qui s'est passé, personne n'en sortira vivant. Le chemin de piste, quand Henry et

Mackallar le suivront à rebours, sera jonché des corps de chacun des aventuriers sans foi ni loi initialement commandés par le Maître.

Les Indiens sont arrivés, puisqu'il ne manquait qu'eux. Ils ont surpris les fuyards en pleine course, l'un après l'autre les ont tués, flèche dans le cœur, camouflés comme ils l'étaient derrière d'épais épicéas roussis. Les fuyards avaient des visages terrifiés, ils avaient vu le diable.

Albany crie à l'adresse d'Henry et de Mackallar alors qu'il les rejoint, par hasard, à l'orée de la piste macabre : vous avez vu Secunda ?

Devant l'air égaré de ses interlocuteurs, Albany explique : lui-même a suivi le mouvement, puis a devancé la meute, puis a compris que chaque bandit tombait derrière lui qui prenait toujours de l'avance, échappant miraculeusement aux flèches vives. Tout de suite après la panique causée par la mort du Maître, Harris haranguait la bande criminelle, *les Indiens, les Indiens !* Personne n'avait accordé la moindre attention à Secunda Drass, pleurant encore devant la tombe. Albany avait fait comme tout le monde : il avait fui. Quelle débandade.

Vous avez vu Secunda ? Lui seul sait où est le trésor.

On se calme, dit Ephraïm.

On y retourne, dit Albany.

C'est de la folie, répond Ephraïm quand il découvre les deux premiers corps gisant sur le sentier.

Où est mon frère ? dit Henry.

Mort, répond Albany.

Mort ? répète Henry.

Ephraïm s'est arrêté un instant pour soutenir son maître défaillant.

Mort ?

Mort et enterré, dit Albany.

N'en croyez rien, dit Henry, qui avance à toute allure, les deux autres ont du mal à le suivre.

Je l'ai vu de mes yeux.

N'en croyez pas vos yeux.

Tous les trois retournent au lieu du dernier campement, le campement de l'indigestion. Les corps encore chauds des pirates tombés les guident.

Secunda pleure et prie encore sur la tombe. Il n'a pas bougé.

IV

We are the dead

1

De quoi a-t-il fait semblant de mourir ?

Mais pourquoi donc Sir William s'est-il embarqué dans cette aventure, au milieu des serpents venimeux, des Indiens aux flèches sûres et de la folie de cet homme ?

De quoi a-t-il fait semblant de mourir ?

Henry tourne en rond autour de la tombe, ses yeux sont fous, Sir William glisse à Mackallar que c'est un peu compliqué, il faudrait le ligoter et le ramener avant qu'il ne soit trop tard. L'enfermer dans un asile où on lui rappellerait qu'il y a bel et bien deux mondes : celui des vivants et celui des morts.

Mackallar pose une main sur l'épaule d'Henry qui se dégage violemment.

Vous ne comprenez pas. Cet homme n'est pas *naturel.* Je lui ai passé mon épée à travers le corps et le sang a jailli, épais. Il n'est pas mort *pour si peu*. Alors, je vous demande : de quoi a-t-il fait semblant de mourir cette fois ? Ne croyez pas que vous vous en tirerez : il vous regarde comme il me regarde, d'ici, de là.

Il montre le ciel, les bois, les monts transparents et enneigés ainsi que les oiseaux qui vont et viennent au-dessus de leurs têtes. La scène serait parfaite si les oiseaux étaient des vautours, lance Mackallar.

Il vous regarde et ne laissera personne indemne. Cet homme n'est pas un homme, c'est le diable en personne – où est-il donc passé, Secunda ?

La tombe est un petit terre-plein balayé, la terre est meuble, humide, bien noire, sur elle quelqu'un a posé une pierre, celle du souvenir.

Il est là, dit Secunda. Il explique, comme Albany l'a fait, que James était blanc comme un linge, que le sang ne circulait plus, que le cœur ne battait plus.

Hommes de trop de foi, hurle Henry qui s'arrache les cheveux et veut déterrer le corps, ce tombeau est un leurre.

À ce stade, on dirait que tout le monde a oublié le trésor mais ce n'est pas le cas.

Albany : allez, allez, dit-il, avançons un peu.

Il mettrait bien le curseur un peu plus loin, Albany, à l'endroit où on se fichera complètement de l'amour et de la haine, d'un frère et de l'autre, d'un mort encore vivant.

Avait-il l'air mort ?

L'air mort ?

Albany et Secunda répètent le teint blanc, devenu verdâtre.

Après l'indigestion de la nuit, il n'a cessé de s'affaiblir, insiste Secunda.

De s'affaiblir, explose Henry. De s'affaiblir, lui !

Les morts qui parsèment le chemin en ont été les témoins muets : chacun lui a pris le pouls et chacun n'a eu qu'un mot – il est mort.

Et enterré, ajoute Sir William. Il est temps de partir, de prendre un bateau pour Albany. La région n'est pas sûre, c'est le moins qu'on puisse dire.

Ce ne sont pas les Indiens que je crains.

Vous le devez pourtant : pensez à votre fils.

C'est à lui que je pense : il me faut une mort ratifiée. Sans ça, mon frère mort ne l'est pas. N'oubliez pas que mon Alexander perd son titre, lui vivant. Ouvrez le cercueil.

Secunda pousse un cri d'horreur.

Jamais, dit-il.

Après quelques jours de délibérations, Sir William, frigorifié, décide, à ses risques et périls, de faire le long trajet jusqu'aux canots afin de récupérer des vêtements de grands froids ; ce sont des heures de marche, il faut s'enfoncer dans la neige meuble ou glisser sur la glace. Mackallar accompagne Sir William, toujours fidèle, tandis qu'Henry le fou est en plein délire dans les bois.

On est d'accord, Ephraïm, il faut l'interner.

Vous savez, répond le secrétaire prudemment, si j'osais, je vous confierais un secret.

Vous n'oserez pas, tranche Sir William, vous vous tairez tout de suite, c'est bien assez pénible comme ça, je commence à me lasser, figurez-vous, je vous le dis au risque de paraître impoli.

Mackallar baisse la tête, le vent est cinglant. Ils s'en reviennent, aucun Indien par chance ne les piste alors qu'ils sont ralentis, chargés de fourrures. Le silence s'est installé. De temps en temps Sir William grogne : qu'on en finisse. Mackallar insiste une fois, une seule, sans regarder son compagnon de traversée : je l'ai autant haï qu'admiré.

Quand ils arrivent sur les lieux du campement, ceux-là mêmes que les hommes de Mountain ont quittés précipitamment avant de perdre la vie, Henry est à genoux devant la tombe, alors que Secunda, sur le seuil de la tente, monte la garde, à même la terre gelée. Il faut couvrir cet homme, il va mourir de froid, dit Sir William qui l'enveloppe d'une couverture en peau de bison. Albany piétine, le nez rouge. Tout ce petit monde décide de se réfugier dans la tente qui a été celle d'Harris. Même Henry, le froid le vainc.

Un jour passe, un autre, le troisième est levé depuis longtemps quand Albany se réveille. Il n'y a plus d'heure, plus de temps, peut-être plus d'espace. Mais il y a un bruit. Un crissement.

Il nous manque Secunda, réalise le brigand.

Albany, son sang ne fait qu'un bond : il déterre le trésor !

Le campement était juste à l'endroit du trésor, ça c'est du James Durrisdeer tout craché, son arrogance même, il nous envoyait valser aux quatre diables quand on l'avait là, sous les pieds, et même, et même, sous les yeux. Secunda, enveloppé dans la couverture que lui a donnée Sir William, creuse la terre, en effet. Albany a passé un œil puis la tête par la fente. Le vent sifflant s'engouffre. Les autres ronflent. En dormant, Mackallar produit une sorte de petit hoquet. Albany va pour les secouer quand il réalise enfin ce qu'il a vu et voit encore. C'est le tumulus de la tombe fraîche du Maître que creuse, de ses mains dont il fait des pelles, Secunda Drass. Ce n'est pas le trésor qu'il cherche. C'est le corps du Maître. Albany écarquille les yeux. Il est pétrifié. Il ne voit que la terre qui craquelle puis ne craquelle plus, blanche de gel, au-dessous bien noire, elle tombe en averse derrière Secunda, qui de dos, accroupi, creuse et creuse, à toute allure. La terre pleut.

Je crois qu'Albany, dirait un témoin s'il y avait à la scène un témoin, je crois qu'Albany apprend à ne plus respirer. Devant le dévoilement prochain du cadavre, il devient lui aussi cadavre. Ses yeux seuls furètent plus loin qu'ils ne peuvent toucher. Là-bas, derrière les genoux de Secunda, de l'autre côté de son dos. Mackallar est réveillé. Bientôt, la mâchoire de Sir William va se décrocher. Il la tient ouverte dans le froid, dans l'embrasure de la tente. Des yeux, une bouche, tout ça est paralysé devant Secunda qui ne nous entend pas, c'est normal, nous ne faisons aucun bruit, il creuse, creuse, continue de creuser. La pluie de terre, en poussière noire, parfois encore marquée d'étoiles de gel, tombe derrière lui.

Il faut que tout soit fini. On dit *fini* alors qu'il est question de ce qui ne finit jamais. Secunda sort de terre le corps de James Durrisdeer. Le tire à lui, indifférent aux spectateurs. Henry commence à s'agiter. Il bégaie. *Je vous je vous je vous avais avais je vous avais dit.* On le retient. Secunda active ses mains sur la cage thoracique du Maître qui tousse faiblement. Il a toussé. *Il a toussé, je vous je vous.* Chut. Secunda le soutient à peine quand le Maître relève le buste. Tout le monde peut voir. Victorieux, le vent rosit les joues du revenant, qui débarrasse ses longs cheveux bruns de la terre qui y est mêlée et sourit. Il observe tour à tour les visages ahuris. Parmi eux, celui de son frère. Ils ne sont plus que deux. Seuls au monde. Secunda s'est écarté. Le conduit d'air entre les regards d'Henry et de James est glacé. Henry ne bégaie plus, ne parle plus. Il tombe, face contre terre. Il ne se relèvera plus. Pour lui, c'est pour de bon fini.

C'est peut-être un peu plus compliqué que ce que raconte Mackallar, notre témoin embarqué. Il fait mourir après Henry le Maître sorti trop tard du tombeau. Nos visiteurs ont fait rater le plan de l'échappée belle par la mort, ce grand classique. On élève deux tombeaux, chacun le sien, chacun son nom, côte à côte – enfin. Fini. Point. Dit Mackallar. L'un, et l'autre. Personne ne parle plus du trésor. Fini pour toujours : Mackallar témoigne. Sir William ne parlera pas, il a fait un de ces plongeons aux enfers qu'il préférera nier.

Que l'héritage revienne à Alexander paraît à présent hors de doute puisque Mackallar, réécrivant la fin de l'histoire, atteste la mort du Maître. Il fera part à Alison de la triste nouvelle, cachant l'autre, effrayante : les yeux du Maître, toujours vifs, comme pour se moquer. Reste bien sûr ce que sait Mackallar et que nous, on ne sait pas. D'une : a-t-il vu de ses yeux le Maître mort et enterré ? Ne va-t-il pas, dans son récit, un peu vite en besogne ? De deux : quels sont les arrangements financiers qui devant notaire l'ont lié pour toujours à la famille Durrisdeer – ce qui lui permettra bientôt de prendre épouse et de transmettre à un fils, à son tour, la part héritée ? Ne s'est-il pas attaché la haine d'Alexander, ce faisant ? De trois : tout le monde a oublié le trésor ? Où est passé le chapeau sur la bordure duquel le Maître avait de son sang, tracé le plan qui y menait ?

Sir William a fait preuve de plus de courage qu'il ne croyait en avoir, à présent il fuit sans demander son reste. Albany ne pense plus au trésor. Tout ce petit monde fuit le mort revenu, à peine issu de terre, à son habitude plein d'ironie et de sarcasme. Ils laissent le corps d'Henry sur le seuil de la tente : le frère revenant et Secunda Drass s'en occuperont, des champions dans l'art de la sépulture. Mackallar court d'abord avec les fuyards. Trop effrayé pour tenir compte de ce qu'il a vu : les yeux de James, vivants plus que jamais. Il n'en dira jamais un mot. Jamais, au grand jamais. Il dira le contraire : il racontera les deux tombes côte à côte, le nom du Maître, le nom d'Henry. Réunis parce que Mackallar, cupide comme il l'est devenu, est comme nous : ce n'est pas la haine qu'il voit comme mot de la fin. Mais l'étroitesse des liens entre ces deux-là. Appelez ça comme vous voudrez.

Il se retourne. Il lui semble voir un oiseau de mer, ici, contre toute attente. Un goéland perché sur l'épaule du revenant le fixe, de loin. Il hésite. Le trésor n'est pas loin.

2

Je ne prends aucune initiative. Étrangement, je le ferai remarquer plus tard, je ne perds pas ma confiance en Ethan et Adison, toujours aussi peu loquaces et enfermés dans leur monde de stratégies pures et d'images de synthèse. Les temps se superposent : à Caradoc, de moi-même, j'ai abandonné mon téléphone portable. Un tour que me joue mon incapacité totale à prendre des initiatives, je ne demande pas pourquoi on m'a pris celui que Ziad m'a donné. On est venu me chercher. Je suis celle qu'on est venu chercher afin que de l'autre côté du monde, à Plattsburgh, il ne se passe absolument rien. En vérité, je ne suis pas celle qu'on est venu chercher. J'ai le souvenir des flammes fuies à dos de poney. S'il y a une durée, une séquence ininterrompue, depuis toujours elle me prépare à la fin. Je redoute la ligne inéluctable. Soudain : je ne suis pas sur cette ligne-là mais sur une autre, imperceptible. Fermant les yeux, j'ai comme une idée. Du moins, c'est ce qui ressemble le plus à une idée : c'est pour briser la ligne qu'on m'a fait venir ? Et si je n'appartenais pas à la ligne des événements ?

L'oiseau paraît. Je suis sûre que mes hôtes le voient aussi, mais je le garde pour moi, au secret, signe de ce que je ne déchiffre pas.

Que savent les garçons à propos du Maître et d'une revanche qui aurait sauté les siècles ? *Ils savent quelque chose* est ma seule certitude.

Les nuages se déchirent, roses, effilochés, ils s'ouvrent non à la couleur dorée d'hier mais à un ciel gris et pauvre, décevant. C'est alors que ça se produit. On peut dire que je ne m'y attendais pas.

Vous pensez que ce qui se produit alors, c'est l'arrivée dans la vie de Zelda de Flo, Nelly et Ziad ? Pas si vite.

Nos trois voyageurs sont peut-être encore dans un bus, d'Albany à Plattsburgh. Mieux, ils ont décidé de passer une nuit de plus à Albany. Ziad voulait en avoir le cœur net. Il retournerait, seul, parler à Johnson Johnson.

Ce qui se produit sera, plus tard, comme l'existence des frères Anderson, refusé par la chronique. En ce temps futur, personne ne pourra plus demander à Smithson d'attester la présence des deux garçons aux yeux limpides. Aida, soucieuse de garder pour elle la bonne histoire à laquelle, d'une certaine façon, elle n'a pas renoncé, trésor ou pas, ne dira pas un mot. Quant à Ron, dont le corps douloureux trouvera aux côtés de Dick Hannegans, la consolation, on ne l'interrogera même pas. Lui et Dick se seront désintéressés d'un Maître, vivant ou mort, du trésor, de l'héritier, fils d'Henry, que peut-être Mackallar premier a volé. Ils en auront fini avec la généalogie. Ils ont traversé l'océan, rejoint l'Écosse. Se passionnent pour l'histoire de *la pierre de destin.* Au musée d'Édimbourg, expliquent aux enfants visiteurs que Jacob a, de cette pierre, fait le plus doux des oreillers et qu'à partir d'elle, la pierre du pays, les anges vont et viennent vers les cieux. Jamais Madame Maisel, Oron ni Beroco ne pourront certifier avoir vu qui que ce soit aux cheveux de paille, aux yeux transparents. Nelly non plus : de jeune homme auréolé de cheveux blonds, elle n'en a vu aucun. Ziad sera le seul à affirmer l'existence d'Ethan et d'Adison mais il le fera en des termes trop flous pour convaincre qui que ce soit.

Le jour est triste après qu'il a levé de beaux roses matinaux. On reçoit la visite de l'oiseau de mer, égaré ici, coutumier des lieux. Pour la troisième fois dans cette histoire, c'est d'une apparition qu'il s'agit.

L'homme est dehors, le contour du corps mangé par la pâleur des airs saturés de la brume du lac. Sa joue gauche est balafrée. Il porte un manteau long – non, une cape. Une bague à son doigt scintille malgré la grisaille. Ses yeux sont noirs et perçants, ses cheveux bruns. Il a l'air d'avoir devant lui le temps qu'il faut. Il regarde, de loin, face à la baie vitrée, ce qui se passe dans la chambre d'hôtel. Fin de la rêverie. Zelda prend son manteau de neige, enfile un bonnet, Ethan et Adison la suivent, en tee-shirt, vous allez attraper la mort, crie Zelda sans se retourner. L'homme s'éloigne à grands pas, Zelda lui court après. Elle crie ce qu'elle avait l'habitude de crier autrefois : Police ! Bientôt les garçons n'y voient plus rien, la brume devient brouillard et Zelda a disparu. Le jour de la troisième apparition s'est changé en jour de disparition. Les deux frères sont agités. Revenus dans leur chambre, ils s'équipent de bâtons pour ne pas glisser sur les eaux glacées ni s'enfoncer, ailleurs, dans la neige meuble. Ils enfoncent des chapkas sur leurs têtes rasées où repoussent de petits cheveux blonds et doux comme du duvet. Installent sur leur front les lampes équipées d'ampoules LED.

Le brouillard s'est levé. Dick frappe à la porte-fenêtre mais, malgré sa main en visière, ne voit rien. Smithson le rejoint, ils ne se sont pourtant pas donné le mot. Celui-là a une clef, il sait où sont les bouteilles et le jeu d'échecs – si ça vous fait plaisir. Dick refuse poliment, il tord ses mains l'une contre l'autre. Il a trois nouvelles à annoncer : Blanchett s'est rendu à l'évidence, il faut mener l'enquête en Écosse. Le juge a rapproché l'agression de Ron de la lettre que portait le suicidé du lac, qui a un nom, maintenant : Mury Clyde. L'enquête est rouverte, les services de police d'Édimbourg travaillent avec nous, annonce Dick à Smithson, à qui il confie la mission de prévenir Zelda et Cie. Quant à Ron, aucune trace d'ADN sur le document qui lui a été envoyé ni sur la poignée de la porte ni sur ses vêtements – on a affaire à un professionnel. On cherche l'arme du crime aux alentours de la maison Mackallar, sur les bords du lac, la météo n'a pas permis jusque-là une fouille des berges. Blanchett est remonté. La troisième nouvelle, c'est que le blessé est tiré d'affaire, même s'il est incapable de dire à quoi ressemblait son agresseur. Dick est ému de l'annoncer, Smithson s'en rend compte. Il répétera tout ça aux jeunes, dès qu'ils seront de retour, sans faute, il promet. Il s'installe de tout son long sur le sofa, les pieds sur le coussin, un verre de scotch à la main. Il pousse un soupir.

Les jeunes ne rentrent pas. Nous sommes le 9 décembre, un samedi. Smithson ne déclare pas l'absence : ils sont majeurs et vaccinés. C'est peut-être ce qu'il pense. Ou bien Smithson a-t-il décidé de laisser aller le cours des choses, au point où nous en sommes ? Il s'endort sur le sofa, sous une couverture qu'il a trouvée dans un placard, et à 13 heures, le 10, quand on frappe à la porte, se réveille.

Ce ne sont pas nos trois disparus des brouillards qui tambourinent. Smithson a la berlue. Trois autres personnages, ils viennent d'Europe. Ziad Zerdoumi se présente. À leur tour, Flo et Nelly, sous le bonnet rouge. Smithson s'étonne : personne ne lui a parlé de nouveaux venus, il faut dire qu'il est trop souvent distrait. Il leur fait part, avant de les oublier, des informations confiées par Dick Hannegans.

Puis : je n'ai aucune idée de l'endroit où sont partis nos amis.

Il n'a pas terminé sa phrase que Ziad passe un coup de téléphone.

C'est la fin de journée à Caradoc, Oron grogne comme d'habitude. C'est le moment ou jamais, dit Ziad. Rappliquez tous. Beroco, Nathalie et le portrait-robot. Oron ne sait trop sous quelle responsabilité ils seront : agents temporaires de la *piscine ?* Il ne pose pas de question. Il dit simplement : personne ne se dérobera. Il raccroche.

Dis donc, Bero, tu sais quel est le rôle qu'on va jouer *au juste* ?

Bero s'apprêtait à rentrer chez lui. Ce départ précipité n'arrangera pas ses soucis familiaux.

Oron est sur internet, une fois n'est pas coutume.

Pour se rafraîchir les idées : « Nos sept mille deux cents agents œuvrent dans l'ombre pour connaître et anticiper les menaces de toutes natures. Du contre-terrorisme à la cyber, ils agissent pour protéger la France et les Français. »

Ça rigole pas.

Sept mille deux cents agents et nous et nous.

Ziad Zerdoumi brûle ses dernières cartouches ?

Qui est Zelda ?

C'est ce qu'on veut savoir, Bero.

Tu crois qu'on sera sous couverture ?

3

Johnson Johnson : c'est pas clair, dit Ziad qui n'y va pas par quatre chemins. Cette fausse assurance, la façon de cacher ses émotions, ce qu'il m'a servi des morts qui reviennent, son attirance néoromantique : à d'autres.

Un agent qui se fait élire à la chambre basse d'Albany ? Tu n'y penses pas, dit Flo.

Ils murmurent.

Les deux garçons se sont volatilisés avec Zelda.

C'est ce qu'ils font de mieux, dit Flo.

Ziad la regarde sans la voir, angoissé.

T'es sérieux à propos de JJ ? reprend-elle, lui caressant l'intérieur du poignet, là où le très fin réseau des veines dessine une sorte de petit arbuste bleu clair.

Il a eu une relation avec Aida Mackallar. Il s'est intéressé au trésor par passe-temps, amusement, passion littéraire, je ne sais quoi. Il est malin : il s'est éloigné quand ça a senti mauvais, la mort de Clyde, le cartel menaçant, la tentative d'assassinat de Mackallar.

En même temps, dit Flo, il a été élu. Fin programmée de l'amusement.

En même temps, on a vu que c'est le gars à ne rien se refuser.

T'y crois, toi, aux trucs du passé ?

Le poêle lève de hautes flammes. La vitre s'embue un peu. Nelly au salon fait une partie d'échecs avec Smithson, content de sa nouvelle compagnie. À moitié nu, Ziad surgit : comment Johnson Johnson a-t-il débarqué dans la vie des Mackallar ?

Smithson n'abandonne pas la partie. Il plisse les yeux pour y voir deux ou trois coups plus loin. Nelly est une excellente partenaire. Il tient sa reine en joue mais surtout : ne rien précipiter.

Avant moi, dit-il.

Il gratte sa barbe de quelques jours, rajuste son chapeau haut de forme. C'est le moment de parler de lui.

Je cherchais un bon joueur d'échecs, on m'a recommandé à Ron. Il y avait autour de lui pas mal d'excitation : un mort-vivant, un trésor. Je n'ai pas tout suivi. Puis Ron et Aida m'ont demandé d'aller chercher la jeune femme à Caradoc. C'est tout.

Ziad acquiesce.

Rapport à ce que je parle français et ai toujours su trouver la manière de rendre service.

Pourquoi elle ?

Smithson hausse les épaules.

Qui a donné son nom aux Mackallar ? insiste Ziad qui n'attend pas de réponse.

Smithson avale la reine de sa partenaire qui n'attendait que ça pour avancer un fou : échec.

À Bero et Nathalie, qui luttent contre le décalage horaire, Ziad a confié la filature de JJ à Albany. On ne perd pas de temps. De leur côté, Oron, Flo et lui-même cherchent Zelda. Quant à Nelly, quand elle ne joue pas aux échecs, elle fait des vidéos des paysages qu'elle envoie à Chuck – montre-les à Ariel, please.

À nous de démêler le vrai du faux, dit Ziad, en chef des opérations. À nous de distinguer les apparitions magiques de celles qui tiennent à la main des pistolets tirant à balles réelles et écrivent des lettres de menaces. On convoque Dick Hannegans, Ron convalescent et Aida : réunion au sommet.

Ziad est grave comme jamais. Flo ouvre de grands yeux : il foncerait pas tout droit dans le sens qu'il a à demi-mot évoqué tout à l'heure mais qu'il n'a rien pour étayer ? De deux choses l'une : la perte de Zelda le rend maladroit. Ou c'est le contraire, il sait ce qu'il fait. Il semble que ce soit l'option numéro 2 parce qu'il se lance : de Caradoc à l'État de New York. Un mort écossais. Le passé, le présent. La littérature, la généalogie et la quête d'un trésor. Ce n'est pas tout. La chambre basse de l'Assemblée de New York.

Aida va pour protester.

Vous ne pensez pas quand même que John soit mêlé à...

Les Durrisdeer et Mackallar menacés, le coupe Ziad, je m'en contrefous.

Son regard est brûlant.

Vous avez entraîné Zelda dans votre histoire.

Silence.

Derrière les menaces et les vieux morts, qu'est-ce qu'on voit ?

Ziad répète sa question, il fait le tour de l'assistance : qu'est-ce qu'on voit ?

Silence.

Ouvrez les yeux, bon sang.

Il montre les fiches, épinglées, ici, sur le tableau blanc.

Qu'est-ce qu'on voit ?

À chaque fiche sa photo : l'inconnu incendiaire, Madame Maisel, Mury Clyde, Ron, Aida, JJ. Il y a même une photo de Smithson. La photocopie du document reçu par Ron est épinglée aussi sur le tableau. Manquent Ethan et Adison, murmure Flo, un peu inquiète de la tournure que prennent les choses.

Ron se lève et trace, sur la fiche dédiée, maladroitement, au crayon à papier, effaçant parfois les contours, les reprenant, des traits enfantins. Il ajoute une chevelure d'ange à chacun des deux frères Anderson.

Devant le portrait-robot de l'inconnu incendiaire, Aida se décompose.

C'est lui qui a mis le feu à Caradoc le jour où les filles se sont enfuies, dit Oron en français.

Nelly traduit.

C'est lui, dit Aida, c'est lui.

Lui qui ?

L'homme qui nous est apparu, une fois à la porte de chez nous, une autre au restaurant.

Dick : prends ton temps, Ron. Est-ce que c'est celui qui t'a tiré dessus ?

Ron range ses mains, l'une sur l'autre, sur la table, obéissant, épuisé, bon élève. Il ne sait pas. Il est désolé.

Ziad n'est pas le moins du monde étonné quand il comprend qu'Ethan et Adison ont conseillé à Ron, le soir de la deuxième apparition de l'homme du portrait-robot, de faire venir Zelda. Selon eux, elle s'était occupée d'affaires semblables dans le passé. On l'a localisée, on a imaginé Prometheus, on l'a attirée. Aida est perdue, les choses lui échappent. Sur un ton presque détendu, elle propose, comme un plaisir par lequel conclure un immense malentendu, une chasse au trésor collective. Nous suivrons les maigres indications que nous avons. Après tout, nous savons dans quelle région des Adirondacks est mort Henry. Le trésor n'est pas loin. À défaut de Zelda, nous trouverons un sourcier spécialiste en or et merveilles.

Ses paroles provoquent un silence gêné. Si Orondegui a envie de rire à son tour, c'est qu'il se dit qu'il n'a pas fait un voyage par-dessus l'Atlantique mais chez les fous. On va mettre Aida dans la pension de la Maisel. Qui d'ailleurs a vu elle aussi son trésor partir en fumée.

Ziad : je ne vous demande pas de jouer les aventuriers. Ni ce que vous pensez de la vie après la mort. Juste, que vous voyez-vous ici ?

Il s'approche du tableau blanc où sont punaisées les photos des protagonistes. Il s'apprête à écouter différentes hypothèses quand son téléphone sonne.

Blanchett, dit-il, à l'adresse de Dick Hannegans.

Blanchett a des nouvelles. On a retrouvé les garçons. Ils sont à l'hôpital d'Albany ; l'un des deux, le plus jeune, présente des signes avancés d'hypothermie.

Ziad Zerdoumi attrape sa veste polaire, Flo, Orondegui et Dick Hannegans font de même, et en route. Dick conduit une Ford Kuga, Ziad est à ses côtés, Flo et Oron prennent place à l'arrière. Nelly et Smithson les regardent partir sans un mot. Entre Plattsburgh et Albany, la route est dégelée, commente Dick, il y en a pour deux heures et demie. Orondegui suit du regard les nuages qui se déplacent, plus lents que nous tous. Il semble qu'on laisse le ciel en place. Il ne pourra plus, désormais, que multiplier les retards, alors que nous fonçons, droit devant.

Sans destination autre que l'hôpital où gisent deux blessés qui nous feront peut-être, si on arrive à temps, avancer d'une case dans la quête de ce qui lui semble, à lui, Orondegui, comme à ses proches collaborateurs, une chimère.

Que voit-on là-dedans ? se répète Orondegui.

C'est la question de Ziad.

Que voit-il, lui ?

Une déflagration. L'incendie immense d'une partie du plus beau parc du sud atlantique. Des flammes qui volent haut. Formant un mur définitif : il y a eu un avant, il y a un après.

Le ciel est à la traîne. Il est glacé, bleu clair derrière des nuages pâles et fins comme des cheveux d'ange.

4

Albany. Johnson Johnson a vite compris qu'il était suivi.

Nath : faudrait visiter sa chambre d'hôtel.

Va arracher un mandat, dit Bero.

Elle hausse les épaules.

On a perdu le gars, on ne va pas perdre notre temps.

Hôtel Renaissance. Depuis le dernier étage, où sont montés, par souci de ne rien laisser au hasard, les deux policiers de Caradoc, les eaux de l'Hudson sont rouges : c'est que le ciel teinté des rayons du matin s'y reflète. Est rouge aussi, cramoisie, la tour qui fait face.

Bero a des gants de latex dans son sac à dos et un passe-partout.

C'est risqué, commence Nathalie. T'avais dit.

J'avais dit ?

La porte résiste un moment. Soudain, un déclic. Bero hésite un instant de trop : un garçon d'étage s'interroge.

On s'est trompé, dit Nathalie. Elle fait un grand sourire.

Le garçon porte dans ses bras, jusqu'au menton, une pile de draps amidonnés. Dès que la voie est libre, B et N s'introduisent dans la chambre de JJ.

Qu'est-ce qu'on cherche ?

Qu'est-ce qu'on voit ?

Des sous-vêtements féminins : ni un délit ni une surprise.

Ils guettent une piste. Les alcools, deux verres. Il a reçu, passe. Encore, encore. Des habits, défaits, à moitié dans l'armoire à moitié dans la valise, sur le présentoir à valise. La main de Beroco fouille, sort de là un enregistreur, version pro.

Qu'est-ce qu'il fait de ça ?

Nous, on pourra rien en faire, en tout cas.

T'inquiète, dit Nath.

Nathalie fait le tour de la pièce. Sur le lit, *The Economist*. La une : *Is Putin winning ?* L'image sous le titre montre Poutine au cerveau et à l'œil gauche artificiel, dotés de rouages nombreux. La contre-offensive ukrainienne a échoué et il se pourrait que Trump l'emporte aux États-Unis.

Des pas dans le couloir. Les voix sont retenues. Bero pousse Nathalie dans la pièce du fond. Ils se glissent tous les deux derrière l'armoire imposante de bois clair. Entendent la porte s'ouvrir, c'est JJ et une deuxième personne avare de paroles mais le rapport de force est en défaveur de notre ex-avocat élu représentant démocrate. Les deux policiers derrière l'armoire et la porte fermée tendent l'oreille.

Qui vous envoie ? Keller ?

Puis, soudain familier : vas-y, fouille. Passe tout au peigne fin. Je ne peux pas faire mon travail si vous êtes accrochés à mes basques comme ça. Un peu de confiance, bordel.

Ça existe pas.

Souris, pour voir.

Silence.

Les Anderson vous montent la tête ?

Silence.

Sérieux, vous avez des doutes ? Vous trouvez le moindre truc compromettant : je suis à vous.

On imagine JJ, la mine déconfite, moqueuse pourtant, les mains loin du corps, comme s'il renonçait, s'abandonnait. Il sait ce qu'il risque.

Où est passé Keller ? Pourquoi ne me répond-il pas ?

La porte claque. JJ s'assied sur son lit, peut-être sur la une de *The Economist*. Il inspire et ce qu'on entend, c'est le long souffle qui suit. Nos deux Français sont toujours coincés entre le mur et le meuble.

L'avocat s'est levé ; c'est clair qu'il est derrière la porte et qu'il respire irrégulièrement. Il vient vers nous. Nath ne s'est jamais tenue plus droite. Quand on dit droite c'est droite, si elle pouvait disparaître dans l'encoignure entre le pan d'armoire et le mur, elle serait la plus heureuse du monde. On sait ce que Bero et N pensent, qui ne se regardent pas : quelle paire de cons on fait là.

JJ appuie sur la poignée de la porte de la chambre ; à cet instant on entend que ça bouge, côté couloir. Le type à la voix sévère a appelé du renfort ? Ber et N n'ont pas un regard l'un pour l'autre : on est venus tout nus. Par réflexe N tâte sa cuisse droite. Ber ferme les yeux. Il y a des cris, un bruit de chaise, du souffle. Ça dure de longues minutes, des heures. Des années. Plus rien.

Dick s'est garé dans le parking du Saint Peter's Hospital ; que les murs de briques rouges jurent avec le vert trop vert des pelouses, tout le monde s'en fiche. Pendant que Dick vérifie que les portières sont verrouillées, Ziad et Flo sont loin. Oron clopine derrière, fatigué par le décalage horaire et les événements en série. Prendre le train en marche, il faut reconnaître que la jeune Flo fait ça mieux que lui. Bientôt tous les quatre sont réunis à l'accueil.

Je peux répéter ma question, dit Ziad, que personne n'a envie de contredire. Sa voix est grave et jamais, jamais de la vie, il n'a esquissé le moindre sourire. C'est ce que remarque le garçon de l'accueil qui répète les habituels *si vous êtes pas de la famille* ou encore, *vous n'avez jamais entendu parler du secret médical?* Mais il a comme l'impression que le secret médical, on va le lui faire manger tout cru ou avec des condiments dont il se passerait bien. La jeune femme s'est approchée, mode vamp. Quant au troisième type, celui qui se tient légèrement en retrait, il a sorti sa carte : police de Plattsburgh. Il la tient brandie devant la vitre. L'hôte, à l'accueil, se concentre sur le pantalon rouge vif du policier de Plattsburgh, oubliant nos deux Français. Il entend *entrave à l'enquête* et il cède du terrain.

Ils sont partis.

Qu'est-ce que vous dites ?

L'hôte pianote sur le téléphone fixe : j'appelle un responsable, vous voulez ?

Ziad se détend un peu, les deux mains sur les genoux.

Rappelez-moi à qui je parle ?

Police de Plattsburgh, se présente Hannegans. Services du renseignement français, Ziad Zerdoumi.

Le jeune homme, blouse blanche, prénom épinglé, Daniel, se masse le front.

Il nous a tout de suite semblé que les lits étaient vides. Tifany a plaisanté parce que c'est pas trop possible, en réa. Et puis.

Et puis ?

Il y avait ce parfum.

Je comprends pas, dit Ziad.

Un parfum de femme.

Dick : vous avez l'odorat subtil. Personne n'a rien vu ?

Daniel secoue la tête.

Vous en pensez quoi ?

Venez, dit le jeune homme qu'on leur a envoyé.

Dans le hall, porte arrière, après le couloir (orange, vif, des dessins d'enfants accrochés et la cafétéria, fermée), l'escalier de service. Il y a du monde par ici.

Ce qui veut dire ? On passe pas inaperçu ?

Au contraire.

Il hésite un peu. Il a l'air désolé : j'ai entendu ce matin qu'il manquait une chaise roulante.

Qui l'a dit ?

Les brancardiers. Pas à moi, à Tifany. Elle est en repos, là.

Les brancardiers de la réa ?

Ils sont sur plusieurs services.

Voici ce qu'on a : un parfum féminin monte l'escalier, dans les bras une chaise roulante sur laquelle gisent deux hommes inanimés et tout ça passe incognito ?

C'est Flo qui a parlé.

Zelda et le parfum, elle n'en jurerait pas mais y pense pourtant.

Il vous manque des blouses blanches ?

Il s'en perd souvent. C'est pas une piste facile.

Soit, dit Ziad.

À Dick Hannegans : appelez Blanchett. Des copies d'images. Une équipe technique pour l'ADN. La totale.

Une dernière question, c'est Orondegui, silencieux et à l'écart jusqu'à présent, qui la pose : à quelle heure a-t-on constaté les disparitions ?

À 5 heures du matin, au moment du changement d'équipe. Je peux vous laisser maintenant ?

Blanchett, dit Dick, est à fond sur Mury Clyde, en Écosse.

En Écosse ? s'égosille Ziad.

Pas vraiment en Écosse mais il travaille sur le suicidé du lac avec la police écossaise, il suit la piste généalogique.

Ne me parlez plus jamais de généalogie, vous entendez ? Je me fous de Mury Clyde et si Blanchett veut jouer le pantin avec des pantins comme Mury Clyde ce n'est pas mon problème, mais débrouille-toi pour qu'il ramène ses fesses.

Ses fesses de pantin, pense Dick.

Il est très fatigué. Oron se gratte le crâne, les yeux dans le vague.

5

19 décembre, 10 heures du matin. Aida est inquiète. Elle est sans nouvelles de JJ. Son mari est chamboulé par *tout ça*, dit-elle. Ni Nelly ni Smithson ne bronchent, qui trouvent que c'est dans l'ordre des choses d'être, pour le moins, chamboulé par *tout ça*. Elle jure ses grands dieux, devant Nelly qui n'a rien demandé, que le Maître lui est apparu deux fois. Elle le décrit : brun, immense, ironique, encapé, il vient sans prévenir, disparaît de même. Nelly imagine que Zelda est entre les mains de la créature, elle imagine le duel, elle est là pour le vivre elle aussi, ne serait-ce que par procuration. Elle n'interrompt pas sa partie d'échecs avec Smithson durant le long monologue d'Aida même si elle n'est plus très concentrée. Comme Smithson son chapeau, elle ne quitte pas son bonnet rouge.

Soudain, un bruit de fond, comme un roulement de tambour. On lance un œil par la baie vitrée. Habituellement le spectacle du lac, de ses eaux calmes sur lesquelles nage, avant de disparaître, une brume rosée, a quelque chose de rassurant. Le ciel est d'une couleur indéfinissable ; du noir, si c'est bien du noir, se masse autour d'une saturation de plus en plus vive de jaune, on dirait que l'horizon se concentre ici, qu'il forme une boule de feu prête à exploser. La boule devient spirale, bombe d'air, les arbres et les eaux tourbillonnent avec elle, à une vitesse qu'on n'imaginait pas possible pour des arbres et pour des eaux.

Ça alors, on murmure. Nelly dit : la dernière fois, c'était un incendie. La tornade s'élève, toujours haut dans le ciel, emportant avec elle la couleur jaune et saturée. Aida et Nelly se serrent l'une contre l'autre et ma foi, Smithson aimerait en faire autant. Il tient son chapeau sur le haut de son crâne, comme si le vent pouvait, à l'intérieur de la maison, le faire voler et ce qu'aperçoit Nelly sur son visage, c'est une espèce d'effroi sacré.

Un goéland traverse le ciel, rase les eaux devenues brunes sous l'effet du tourbillon de vent violent. L'animal ailé s'élance de toute sa force, à peine secoué, vers la spirale touffue qui laisse traîner derrière elle comme des filaments d'or. Vous l'avez vu ?

La Compagnie n'a jamais eu vraiment besoin de JJ. Il était en place en novembre 2016 alors qu'on se disait déjà que le jeu n'en valait plus la chandelle.

Considérez-le comme une sorte de dormant de l'intérieur, avait dit Hans Keller à la direction des opérations. À réveiller quand vous voudrez. Pas le plus performant, mais il donnera un coup de main. Le temps avait passé, Hans Keller, formateur recruteur, soixante-cinq ans, à qui la Compagnie reprochait, outre son anachronisme, la mise en place d'un agent inutile, avait pris sa retraite dans la banlieue de Washington. Il y voyait grandir sa petite-fille, Hanna. Il ne faisait pas le difficile, il ne l'avait jamais fait. Il avait su enfouir le souvenir des valeurs au nom desquelles il avait formé nombre de jeunes gens à percer les secrets soviétiques.

Fin 2022, le signal de réveil, contre toute attente, a été activé. C'est bien excitant : la mission compte des tas d'étapes réjouissantes dans lesquelles JJ excelle. La première : séduire Aida. C'est chose faite. Il ne faut pas craindre les fantômes qu'on convoque. Le seul fantôme qu'il n'a pas identifié est celui de la Compagnie elle-même. Parce que JJ est un grand naïf, au fond. Il croit aux combinaisons et tours d'avance qu'a, et qu'a toujours eus, pense-t-il, son Keller. Mais où le bât blesse, ou a blessé, c'est ici : que sont venus faire les frères Anderson dans une affaire qu'il devait mener seul à bien ? Qui donc les lui envoyait ? Même quand on a découvert le corps du lac Champlain, porteur d'une lettre de menace contre sa cible, Keller se taisait.

Il n'a jamais cessé de demander des rendez-vous. Keller, ou ce qui en tient lieu, lui envoyait Smithson, un vieux de la vieille. Joueur d'échecs du tonnerre. Smithson était là pour rassurer mais au lieu de ça : danger, lui expliquait-il. Si t'as un peu de bon sens, tu mets la pédale douce. Il y a vraiment de quoi s'affoler. Tout part en vrille. JJ ne lâchait pas l'affaire : il voulait voir son officier traitant.

Quand cela a-t-il a pour de bon dérapé ? Le monde jusqu'ici, ça a été par étapes. Des étapes somme toute bien définies et si on peut s'amuser c'est tant mieux, parfois tu fais des voltes et contre-voltes.

Maintenant, il attend qu'on vienne le chercher. Qui ? Il ne sait pas. Il ne sait pas où on l'a conduit. Ils sont restés des heures dans la voiture. À Langley ? Il sait comment ça se passe. Il avait bon sur toute la ligne, non ? Jusqu'à ce que débarquent les deux frères. Là, c'est parti en vrille. Et Smithson, l'imbécile, qui courait jusqu'en Europe. Et tout à coup, la DGSE qui était de la partie. Qu'a-t-on fait à Hans Keller ? Il a plus de questions que s'il avait des siècles. Ses mains tapotent le rebord de la table dans la pièce insonorisée, miroir sans tain, dans laquelle il est vu sans voir. Il ne sera pas capable d'un récit droit et direct. Il ne sait plus démêler la fiction, à laquelle il a tout donné, de ce qui l'a encadrée. Il voudrait pleurer, il a les yeux secs. On devrait le féliciter. Il comprend, dans la pièce où il commence à avoir très froid, qu'il a toujours été seul. Il murmure : Aida, oh Aida. Il ne sait que répéter son prénom. Il grelotte. Il va évoquer son immunité parlementaire. Demander un avocat.

Tout ça ne nous dit pas où est passée Zelda et la seule chose qui intéresse pour l'instant le seul agent ici présent de la DGSE, c'est : où est passée Zelda ?

Zelda et les deux Anderson ont disparu. Puis ça a été le tour de Johnson Johnson. Il y a deux jours que Smithson n'est pas venu ici ; on ne sait si l'humeur sombre de Nelly s'explique par la frustration : elle devait prendre sa revanche. Elle essaie à plusieurs reprises de parler avec Ziad, en vain.

Orondegui, Beroco, Nath, Flo, Ziad, Dick, Ron, Aida et Nelly : tout ce petit monde est réuni à Plattsburgh. Les survivants, dit Dick, qui s'attire les foudres de Ziad. Blanchett fait le travail à l'hôpital d'où ont disparu les deux frères, ça n'a pas été une mince affaire que de l'y envoyer. Ziad est resté longuement au téléphone avec X, on l'appellera ainsi parce que c'est de rigueur à la *piscine.* X répond en lieu et place du secrétaire général pour l'analyse et la stratégie.

C'est quoi cette histoire de mort-vivant, bordel? Ziad, tu es sûr que tout va bien?

Tu veux dire quoi par *tout va bien*?

Donne-moi un truc. Un seul truc.

Johnson Johnson. Le mec a vécu à Moscou, pas longtemps mais il y a vécu. Quelqu'un l'a réveillé après des années et je ne suis pas sûr du tout que ce soit la Compagnie.

La Compagnie serait infiltrée à un niveau supérieur, demande X?

Supérieur supérieur.

Ton histoire du XVIIIe, ça m'inquiète.

Moi, c'est Zelda qui m'inquiète.

La tornade est passée, qui a laissé des traces. Des morceaux de bois jonchent la pelouse de l'hôtel-résidence. On se demande comment le vent a pu les faire voler. La pluie est venue, il y a comme une douceur dans l'air. Nelly est en tee-shirt, debout sur un tronc dans le jardin. L'arbre a été rompu net. Elle porte le regard au loin, sur les eaux redevenues calmes du lac.

Zelda, Zelda, on a bel et bien bifurqué mais jusqu'où va-t-on aller? La nuit, Nelly toque à la porte de Ziad; enlacé à Flo, il allume la torche de son téléphone. Il ne dort pas.

Smithson.

Eh bien, Smithson?

Il communique avec un certain Keller.

Et ?
Par SMS, sur un téléphone jetable.
T'as fouillé ?
Appelle ça comme tu veux.
Keller ?
Hans, de son prénom.
Ziad se lève.

6

Nelly zappe sur le téléphone portable de Flo, qui l'a laissé dans la salle commune. Bientôt, une tasse de café brûlant à la main, elle bâille à la cantonade. Aida dort sur l'autre canapé du salon. Flo la secoue après avoir récupéré son téléphone.

Tu sais s'il parle russe, ton amant ?

Russe ? dit Aida sans comprendre dans quel monde elle s'est réveillée.

JJ, tu l'as entendu parler russe ou pas ?

Aida demande une gorgée de café brûlant.

Si on demandait à mon mari ? Russe, répète Aida, hébétée.

Cependant que, café ou pas, sommeil ou pas, les supérieurs de Ziad, à Paris, ont organisé une réunion de crise au sommet.

Tu vois, à la DCE, on serait plutôt branché XXIIe siècle que XVIIIe. Ce truc à l'ancienne, avec des mises en scène où se dressent des morts-vivants, pardon, Ziad, mais tu repasseras. On a vu ça nulle part.

Fais un effort, dit Ziad qui bâille.

Les efforts, c'est toi qui les fais. Ce sont des efforts d'imagination, on dirait.

Hans Keller.

Quoi ?

Hans Keller.

Silence.

Ça te dit quelque chose ?

C'est pas ma génération.

C'est plus XXe que XXIe ?

Qu'est-ce qu'il fout là-dedans ?

T'as dit que les méthodes étaient archaïques.

D'où tu le sors ?

On a quelqu'un qui est en lien direct avec Hans Keller.

HK est à la retraite.

Tu le connais plus que tu ne le dis.

Un vieux de la vieille.

Zelda s'éloigne, on dirait. On cherche Smithson, dit Ziad. Dans les clubs d'échecs de la ville et à l'adresse que Ron et Aida lui connaissent. Partout. Réveillons-nous. Le soleil s'est levé, il est timide mais dessine une ligne rosée, fine, celle d'un arc, peut-être, au-dessus du lac.

Une délégation frappe bientôt à la porte de Smithson. Ron a tenu à être présent, même si Aida insistait pour qu'il prenne du repos.

C'est mon ami.

C'était : il nous a bel et bien oubliés.

Le club d'échecs : revenez ce soir, il y aura Tess et Terry, avec qui il joue d'habitude.

La bourgade s'appelle Ticonderoga, c'est à une heure et quelques, en voiture, de Plattsburgh.

Une femme, enfant sur la hanche : depuis quand ? Un an, un an et demi, je dirais ? Il cherche la tranquillité. Il est servi.

Ziad sourit pour l'encourager. Un sourire de Ziad, par les temps qui courent, c'est tellement rare que même Dick le remarque. C'est donc possible ?

Il est à la retraite ?

À la retraite, en rupture de ban, comme tu veux. Nous, on pose pas de questions.

Drôle de couverture, pense Ziad.

Il a porté le club d'échecs à un niveau supérieur.

Il a d'autres activités ?

Le sport, c'est pas son truc si c'est ce que vous voulez savoir. Les balades non plus.

C'est rare, par ici.

Où on est randonneurs dans l'âme.

Elle se moque. Elle met l'index dans la bouche de l'enfant qui s'endort en tétant.

Ça vous a pas étonnés ?

Il nous en faut plus. Qu'est-ce que vous lui voulez ? Vous êtes sa famille de France ?

On peut dire ça.

Il est venu vous voir il y a peu.

Elle fait un clin d'œil.

À son âge, le pauvre, il y croyait vraiment.

Il y croyait ?

Je sais pas comment elle s'appelle, il pensait au mariage. On se demandait s'il perdait pas un peu la boule.

Un homme s'approche, boitillant : Pearl, on sait pas ce qu'ils veulent.

On cherche à lui rendre une petite visite, dit Ron. Je suis son ami de Plattsburgh.

Le joueur d'échecs ?

Lui-même.

L'homme boitillant, la femme et l'enfant endormi dans ses bras accompagnent les trois amis de Smithson. L'appartement est au premier étage. On frappe.

Vous l'avez vu récemment ?

Vous me faites peur, dit la femme dont l'enfant se réveille.

Dick montre sa carte.

Perry, il a des ennuis ?

On va le savoir, dit Ziad, donnant un coup d'épaule, insuffisant, dans la porte.

Mais j'ai la clef, crie Pearl. Attendez un peu. Elle s'élance et la tête de l'enfant ballotte.

Perry attend devant la porte, impatient.

C'est évidemment le moment où Ziad reçoit un coup de téléphone et s'éloigne. Dick Hannegans, pistolet en avant, et Ron, prudent, avancent en même temps dans l'appartement de Smithson. Tout va on ne peut plus vite. Smithson, chapeau sur le crâne, repose sur son lit défait. Pas de trace de violence mais Ron a beau, avant que Dick l'en empêche, lui toucher, appuyant sur l'artère, le pouls, aucun espoir.

Éloignez-vous, dit Dick à Pearl et Perry qui pleurent déjà.

Mon Dieu mon Dieu mon Dieu mon Dieu.

Dehors, Ziad parle à X.

Hans Keller, c'est fini depuis longtemps. Il en a entraîné, des champions.

Quelqu'un se fait passer pour lui.

Un grand monsieur. Je te fais le topo ?

Non, dit Ziad, je suis pressé.

Ton JJ, on l'a jamais repéré. De deux choses l'une : ou il est très bon ou il sert à rien.

On est le ventre mou de tout ce cirque, pense Ziad, on ne sait rien de rien.

Quelqu'un fait le ménage, dit-il à voix haute. Tu sais si on a du monde dans la nature ?

Ziad sait ce qu'il a à faire, malgré X, la *piscine*, la DCE, le FSB, la CIA et tous ceux qui peut-être jouent ici, au pied des montagnes translucides, leur partie. Il doit retrouver Zelda.

Cependant, Dick lui fait de grands signes et d'un doigt mime, sur sa gorge à lui, une gorge tranchée. Quelqu'un fait le ménage, répète Ziad.

Venez voir.

Dick lui montre, dans un tiroir qu'il a ouvert avec ses gants, un sac rempli de téléphones prépayés.

Laisse tout en place, dit Ziad.

Blanchett, crie-t-il, et Dick hoche la tête: les empreintes et un tas de petites choses à récupérer.

Blanchett, deux heures plus tard, est sur les lieux, suivi de l'équipe technique et du médecin légiste qui ne décroche pas un mot.

On va presser le labo.

Pearl et Perry se tiennent par la taille, regardant le cadavre de leur joueur d'échecs préféré. Bientôt, ils se font houspiller par le médecin vêtu de blanc.

On a dépassé Lake George et la reine des lacs américains. The Queen. Million Dollar Beach. L'imagination américaine, pense Zelda. Elle pense à la *petite image*, au fond de soi, qu'il fallait s'obstiner à chercher pour trouver la paix. Ici, l'image se déploie dans les cieux et les eaux où les premiers se reflètent.

Parce que oui, c'est elle, Zelda. On l'a retrouvée. Elle a sorti de l'hôpital les garçons qui, courant après elle dans le froid, sur la piste du Maître, se sont effondrés. Que reprenne l'aventure.

Tous trois sont soumis à dure épreuve : les vallées surplombées des monts aux cimes translucides où avancer, les hauteurs d'où on domine les eaux d'un bleu tirant sur le violet, les sentiers aménagés et les paisibles randonneurs qui ne cherchent rien d'autre que la beauté, les boues profondes où s'enlisent les chevilles. La nuit, Zelda dort à la belle étoile, veillée par les deux Anderson, muets comme jamais. On est à la recherche du Maître. Mais pourquoi, enfin, nous fait-il parcourir les Adirondacks sans offrir le moindre signe d'espérance ? Le goéland a disparu, lui aussi.

Zelda marche les yeux au ciel, dans l'attente de l'apercevoir. Il nous guidera. Inquiète pour Ethan, elle l'aide, le soutenant, à avancer.

Pourquoi moi ?

Les garçons, sans répondre, la regardent d'un air grave et doux. Un de ces airs qui l'empêchent complètement de se méfier d'eux et de leurs objectifs.

7

Le directeur des opérations de la Compagnie reçoit Ziad. *Reçoit Ziad* n'est pas exact. Rendez-vous, concocté par X, sur un parking, à l'entrée d'Albany. D'ici, en contrebas, on entend, plus qu'on n'aperçoit, la quatre voies où filent à toute allure les véhicules pressés du matin. Ziad fait les cent pas, soufflant fort l'air qu'il a inspiré. Peut-être, parmi ces voitures qui défilent sans cesser, l'une d'elles convoie-t-elle un criminel en série après lequel sont lancés les policiers d'Albany ?

À propos : crise cardiaque, a proposé le médecin légiste à propos de Smithson.

On se frotte les mains dans le froid. Le directeur des opérations, anonyme, désire le rester. On l'appellera donc l'Anonyme. Il porte un bonnet, enfoncé jusqu'aux yeux. On ne lui voit pas les sourcils. Sa peau est claire, tavelée de taches de rousseur.

Hans Keller est désactivé, dit-il. Il y a longtemps. Si réveil de JJ il y a eu, il ne vient pas de nous – quant à imaginer le FSB sur le coup, grimace-t-il, impossible.

Silence.

Je ne les vois pas inventer des revenants.

On a quelque chose, reprend Ziad.

Je ne vous suis pas.

Johnson Johnson parle à celui qui se présente comme son officier traitant à travers le mur de sa chambre : il a exigé cette rencontre, il commençait à avoir des doutes. Il a enregistré la conversation. C'est donnant donnant. Le nouveau Keller, ou sa voix, contre Zelda.

Ziad brandit ce que Nath et Bero ont trouvé dans la chambre de l'hôtel Renaissance, où JJ était logé. Il bluffe. L'enregistreur de l'avocat n'a jamais servi. De rencontre, il n'y en a pas eu. L'Anonyme regarde autour de lui.

Y a pas de pièges, dit Ziad. Peut-être vous savez déjà à qui appartient la voix ? Ou vous craignez que nous le sachions ?

Ce n'est pas du tout ce que vous croyez.

Ce que je crois n'importe pas. Vous connaissez la voix mais vous savez moins ce qu'elle raconte ? Certains jouent avec le chaos ? Quel que soit leur objectif, ils sont de chez vous. Dites-moi ce que vous voulez. Moi, c'est Zelda.

Nous n'avons pas Zelda, dit l'Anonyme.

Mais bon nombre de morts sur la conscience.

Pas de réponse.

Ne me prenez pas pour un imbécile.

Ziad monte le ton.

Puis : quel est le rôle des frères Anderson ? Zelda Z est-elle un appât ?

Notre Anonyme paraît parfaitement sincère.

Ziad se tait. Il fait fausse route.

Nous faisons fausse route.

Puis : le monde brûle.

Il le répète une fois. L'autre n'a pas l'air d'entendre.

Rien d'autre que Zelda, dit-il encore, la voix perdue.

La fin approche.

L'Anonyme toussote.

Les frères Anderson travaillent pour la Compagnie. Ou plutôt : *travaillaient*. Faisaient dans le contre-espionnage. C'est tout ce que je peux dire.

Il reprend, à voix très basse : je ne sais rien d'une histoire de trésor caché depuis des siècles.

Autrefois, à Albany, il y avait un bouge italien, dit Ziad, on empruntait un escalier en colimaçons, en bas ça puait la pisse et un vieux bonhomme poussiéreux, du genre à dégainer si tu sors l'as de trop d'une manière dont t'aurais pas dû, t'accueillait. Souffler sur le canon, la poudre et la poussière. Ce genre de truc. Ce genre de type. Qui sait se débarrasser des corps, en un rien de temps. Un certain Smithson jouait là plus souvent qu'à son tour. Smithson alias qui ?

L'Anonyme ne voit pas.

J'attends, dit Ziad, qui pianote des ongles sur la carrosserie de la voiture louée.

Puis : Smithson est mort. On s'en va faire un tour chez les Italiens, des fois qu'ils auraient quelque chose ?

L'Anonyme écarquille les yeux, qu'il a bleus, on s'en rend compte. Il jette un coup à sa montre, le temps lui est compté.

Ziad : j'ai pas que ça à faire moi non plus.

Il s'avance vers les yeux bleus, et fermement : quelle était la mission des frères Anderson ? Qui fait le ménage ?

L'autre s'étrangle.

Où est Zelda ?

Ziad observe croître la panique dans les yeux de son interlocuteur.

Je ne sais rien.

Quelqu'un s'est donné beaucoup de mal. Le suicide étrange de Mury Clyde, à d'autres. L'attaque de Ron Mackallar. Quelle est la mission des frères Anderson ? C'est ma dernière chance, pense Ziad, qui voudrait avoir le courage d'être plus menaçant.

Je ne sais rien. Je ne sais rien.

Tu sais ce qu'on va faire ? On va prendre l'histoire au mot. On va partir en quête du trésor. Ensemble. Après tout, on a des éléments.

C'est stupide, bégaie l'Anonyme. Le froid fait briller ses yeux.

Mais encore ?

On a perdu leur trace.

La trace de qui ?

La trace des Anderson.
Nous y voici.
C'est pas ce que tu crois.
Tu l'as déjà dit.

On ne sait pas qui agit, Ziad. L'agence est dépassée. On ne sait pas d'où vient le truc du passé, le revenant, tout ce bazar. Les Anderson tentaient de comprendre. Ils tentaient vraiment de comprendre. Va-t'en maintenant.

La CIA a perdu la trace de ses deux meilleurs agents, c'est un fait. Ziad ne le sait pas mais nous oui : ils sont en pleine montagne, en quête du Maître, avec Zelda. L'histoire, nuit de campement après nuit de campement, jour de marche après jour de marche, avance au ralenti. Le but, s'ils en avaient un, ils l'ont oublié. Ils vont entre les hauts monts, leurs pieds sont mouillés, qu'ils sèchent au camp, le soir, dans les serviettes éponges gorgées du soleil du matin, sans un mot, sans une question.

Alors qu'il est au cœur de tout, Zelda ne pense plus au Maître tandis qu'elle avance entre les monts. Elle l'a aperçu à Plattsburgh, précédé de l'oiseau. Son visage sculpté, son nez droit, des yeux noirs de rage, quelque chose d'autre. Elle ne sait pas définir l'intensité du sentiment qui s'obstine après la rencontre. Il était triste. Triste à mourir, lui qui n'a jamais pu mourir.

Il n'y a plus que mes pieds, la beauté des alentours à vous couper le souffle, au sens propre. Une que je ne pensais pas connaître. Un ventre qui gronde famine. Une totale dépendance envers les Anderson, frère et frère, à qui je m'abandonne.

C'est bientôt la fin et quelle surprise : Ethan parle. Nous ne sommes pas loin, dit-il. Pas loin de l'endroit où est mort le Maître pour la dernière fois. Si on ferme les yeux, sur le sentier qui mène au camp où ont été abattus les chercheurs de trésor sans morale, galopent les fameux Appaloosas. Regarde, ils sont montés par des Indiens tirant, directement dans la poitrine des trafiquants, les flèches fatales.

Ici, dit Ethan, sûr de lui.

Ils vont installer leur campement au lieu exact de l'ancien : celui où le Maître, James Durrisdeer, agonisait, ou le feignait. Ils font un feu où se réchauffer mains et pieds.

Ethan raconte.

JJ est un ancien agent, entraîné par Hans Keller. Un dormant d'autrefois, maison Russie. Le hic, c'est que Hans Keller, ou celui qu'on appelait ainsi, est désactivé depuis longtemps. Qui avait donc réveillé JJ ?

Les Russes, on était dessus, rien à voir. L'histoire était à dormir debout : une course au trésor pour changer la face du monde ? Une course au trésor du XVIIIe siècle ? La CIA était au bord de la crise de nerfs. Tu as entendu parler du Club ?

Zelda fait non de la tête.

Ethan se tait un moment. Adison regarde le ciel qui rougeoie.

Le Club a lancé JJ là-dessus. Il n'a pas résisté. Il pensait sincèrement Keller à la manœuvre. Puis il a commencé à avoir des doutes, avant même qu'on entre dans le jeu. Il posait beaucoup de questions. Le pauvre Smithson venait pour le calmer, n'y parvenait pas. Tu sais le pire ? Les gars ont peut-être cru à l'or. Oui, eux-mêmes, JJ et Smithson.

Et Bird ? Ou Bud ? Nathan Bud ?

Ethan se tourne vers son frère.

C'est autre chose.

On vous le doit, comprend Zelda.

Ethan lève les yeux au ciel et sourit.

Ça n'a pas donné grand chose.

Puis : les types ont marché, comme quand tu relances une vieille machine. Ça va vite, une fiction.

Zelda s'accroche : et le Club, donc ?

Une sorte d'agence privée internationale. Elle tire les ficelles et crois-moi il n'y a pas que des Russes là-dedans.

Cool, dit Zelda. Vraiment, c'est cool. Rassurant.

Elle cache un moment son visage dans ses mains.

Elle dit : et vous n'avez pas une idée de ce qui intéresse les types à part l'or des pirates ?

Ni Ethan ni Adison ne la regardent.

Nous enfoncer dans les histoires ?

Je ne suis pas sûre de comprendre, murmure Zelda.

S'occuper des morts-vivants, c'est à temps plein. Tu regardes pas ailleurs.

Des histoires comme des chiffons rouges ? Murmure Zelda.

Ils n'en diront pas plus.

Quel était mon rôle là-dedans ? reprend-elle.

Avec l'invisible, tu sais faire.

Parce que vous avez marché, vous aussi ?

Elle a élevé la voix.

Silence.

Comme l'avocat ? Comme Aida ?

Elle insiste : ils vous ont retournés ?

Elle glisse ses mains dans ses manches. Pour réchauffer les poignets. Là où le sang circule, là où il bat plus fort que jamais. Elle a peur et envie de rire en même temps.

Vous travaillez pour eux, vous travaillez pour le Club ?

Elle est en colère.

Les frères nient avec fougue. Ils ne travaillent pour personne.

Ils montrent les montagnes : regarde comme c'est beau.

Ça a mal tourné, dit Ethan.

Elle note les cernes bleus autour de ses yeux plus clairs que tout.

La Compagnie se pensait infiltrée. On ne savait rien du Club. On nous a envoyés.

Et ça a mal tourné, répète Ethan.

Parce que vous avez cru au revenant.

Zelda ne sait pas si elle doit rire ou pleurer.

Les jeunes gens désignent une sorte de tumulus, juste là, derrière leur dos. C'est là qu'était enterré le trésor. Ce jour-là, le Maître a quitté le navire pirate avec Burke et Dutton. Zelda se souvient : ils ont marché ici même, dans ce qui était une jungle luxuriante et périlleuse. Dutton était leur guide, le Maître l'avait choisi. Quand le guide est tombé dans les sables mouvants assassins, le Maître s'est réjoui, quelle opportunité. Son meilleur ami d'alors, plus tard nommé chevalier, ce qu'il y a de plus respectable, n'en a pas été plus offusqué que ça : ils ont laissé couler Dutton profond dans la boue. Il leur avait montré la route du camp français. Il y aurait à partager en deux, pas en trois. En réalité, on n'a rien partagé du tout. Les deux hommes se sont perdus malgré l'orientation donnée par Dutton. Ils ont craint de nouvelles attaques et le Maître a décidé d'enterrer le trésor, il reviendrait plus tard. Il a dessiné la localisation sur les rebords de son chapeau. De son sang, dit AA.

Sur la *Sarah*, le bateau pirate, un marin, du nom d'Anderson, a tenu tête au Maître alors que tout le monde était aviné. Cet Anderson a cloué le bec au Maître en ce jour d'ivresse. *Et dire que vous êtes mort.* On s'en souvient peut-être, le Maître ne lui a pas passé son épée par le corps. Il avait du respect pour ceux qui ne le flattaient pas. Il s'est retourné vers le jeune marin. Il l'a regardé, accroupi comme il était, sans se sentir humilié de devoir lever les yeux. Il lui a dit : ne t'occupe pas des morts, petit.

Le Maître toujours vivant était mort dès le début, tant d'amour et de rage mauvaise qui tournent au sang, à la cupidité. Ethan poursuit : je ne sais pas s'il voyait dès lors la scène à jouer plus tard – Dutton s'enfonçant dans les boues et lui qui l'y pousse pour que ça aille plus vite.

On voudrait que ça finisse.

Est-on sûr qu'on le veuille ? dit Zelda.

Qui ne pense plus qu'une seule chose : retrouver Nelly et Ziad. Nelly, Ziad et Flo appartiennent à un monde qui n'a pas cours ici, un monde dans lequel on ne se demande pas si on veut que ça finisse ou qu'au contraire, ça continue à n'en finir jamais.

Elle ose : en fait, vous bossez à votre compte.

Elle a mis une pointe d'humour dans ce qui est une affirmation.

Anderson, donc. Héritiers d'Anderson.

Anderson n'est pas resté sur la *Sarah*. Il a suivi la bande de trois. Il s'est toujours demandé si le Maître ne savait pas qu'il les suivait. Il a été témoin du meurtre de Dutton. Embusqué là, il a vu le Maître et Burke, désespérés, enfouir le trésor. Ici. Sous ce tumulus.

On va le déterrer ? demande Zelda.

On ne va pas le déterrer, disent en chœur les garçons, il n'y est plus.

Vous avez fouillé ?

L'ancêtre a été plus malin que tout le monde, sourit le plus jeune des frères.

8

Ron nous a bien eus. Il possédait ce que ce pauvre JJ devait absolument récupérer pour le compte de la Compagnie, croyait-il du moins – le chapeau du Maître, avec le plan du trésor tracé de son sang. Dick ne s'est même pas étonné. Après tout, il attendait toujours sa surprise et c'est avec ferveur qu'il suivait son ami.

Ethan est allongé dans la tente entre Zelda et son frère. Le feu est toujours vivant : on aperçoit, à travers la toile, ses volutes. Le jeune homme se tait, préoccupé par autre chose, soudain. Une ombre, mais ce n'est pas celle des flammes.

Le goéland rase le lac bleu nuit. Zelda n'est pas la seule à la voir. Le Maître n'est pas loin. On n'a pas rêvé ?

En tout cas, dit le plus vieux des frères, Adison Anderson, un mort fait plus d'histoires que n'importe quoi. C'est la grande erreur du Club de n'avoir pas compris ça.

Adison, Ethan et Zelda attendent la suite.

Nous aussi, d'ailleurs.

Orondegui va le premier. Il a acheté à Albany des bottes fourrées et s'est équipé de bâtons. Ziad marche du même pas que lui. Un Ziad impassible : malheur à qui voudrait ce matin lui arracher un mot. Il n'a qu'une idée en tête : ramener Zelda à la maison. Chuck, dans son appartement parisien, lui fera de la place. Flo n'est pas loin derrière lui, silencieuse, suivie de Nelly, bonnet rouge, sous lequel les cheveux repoussent lentement. Si seulement Ariel était là. Aida, Ron et Dick, côte à côte, marchent après les deux filles. Aida parle sans arrêt. C'est son grand moment. Celui dont elle a rêvé. Elle se demande où est passé JJ, s'il les a tous trahis, et surtout, pourquoi. Elle n'a rien compris aux hypothèses de Ziad. Elle s'en fiche. Tout le monde n'est pas futur héritier d'un trésor passé. Enfin, en fin de colonne, vont Beroco et Nathalie. Quand Ziad a proposé cette virée dans les montagnes, personne n'a refusé. Dans son sac à dos, muni d'un duvet polaire, Beroco a glissé, dans une enveloppe kraft, la photocopie du portrait-robot de l'homme qu'ils cherchent – celui qui a mis le feu à Caradoc. Si le juge a enterré l'affaire, Beroco, lui, est du genre obstiné. Nath ne l'est pas moins. L'année touche à sa fin. On ne veut manquer pour rien au monde ce qui vient.

Ron est la pièce maîtresse de l'édifice : il a le plan d'autrefois. Personne ne s'étonne qu'il l'ait caché jusque-là, on n'en est pas là. Dick Hannegans, futur ex-flic de Plattsburgh, a par précaution recopié sur un feuillet les données tracées au sang. Le GPS ne fonctionne dans les Adirondacks que rarement. On s'oriente à la boussole. Ron et Dick gardent le nez collé sur le plan recopié, parfois sur l'écran de leurs téléphones et indiquent les directions à prendre. À gauche. Attention, ici : les marécages où gît le souvenir du pauvre Dutton. On approche. On brûle. On arrivera à temps ?

Filant comme une étoile, c'est une silhouette plus qu'une ombre. Cette fois j'y vais à fond. L'oiseau bat des ailes par-dessus la cape noire. Les Anderson sont épuisés. Je les laisse derrière moi. Je n'ai pas l'habitude de courir après un suspect sans mon arme. Je n'ai plus l'habitude du tout, arme ou pas, de courir après un suspect. Je m'économise. Enfonce les chevilles dans des mottes de neige ou de terre blanche de gel. Allonge le pas. L'étrange, C'est ce qui m'est arrivé la première fois, quand je courais après le Maître, et après moi les garçons couraient, qui cette fois font relâche ; l'étrange, c'est le sommeil qui vient, embrume mes yeux, barre mon front. Je lutte.

Une voix me souffle de m'y laisser aller, il est mon meilleur ami. Pardon : je veux le Maître, je veux la cape et l'oiseau. Je suis à deux pas de lui.

Le mort est vivant, le mort est vivant : malgré mes pensées raisonnables, l'antienne ne me quitte pas, je redouble d'efforts, mes mains fendent l'air glacé, doigts serrés, en avant. La cape vole sous mon nez. Elle est poussiéreuse, comme il se doit si elle vient du passé. Quant à moi, je n'ai plus de passé ou je les ai tous, là où je suis, au bord ultime du sommeil. Au Maître qui s'avoue vaincu parce qu'il se retourne soudain et se laisse contempler (la balafre sur la joue, le nez droit, long, les yeux brûlants, les cheveux trop longs) : *et dire que tu es mort*. Les garçons m'ont soufflé la phrase. Un immense chagrin m'envahit. Lui qui ne perd jamais a perdu. Lui qui a tué Dutton, a rendu la vie impossible à son frère, son père, son ex-femme, il est triste à souhait. Un géant va tomber. Tout se passe comme si j'avais des centaines d'années. Des pans entiers de vies confondues pleurent avec ou en moi, ah c'était bien la peine de bifurquer : au bout du compte tu te retrouves devant la même grosse masse indistincte de temps. *Et dire que tu es mort*. Malgré ça, le Maître me regarde avec amitié. Je voudrais le consoler. Très lentement, il se retourne, s'éloigne. Je le laisse faire. Ce n'est pas à cause du sommeil qui m'abat.

Ce n'est pas à cause du sommeil qui m'abat que je laisse l'homme partir. Je n'ai plus besoin de savoir qui il est. Ce n'est pas moi qui vais finir une histoire, même si le héros est un salaud. Le passé gigote quoi qu'il en soit, vivant, atrocement vivant. James Durrisdeer, son double, son fantôme, se retourne une dernière fois. Il me dévisage.

Quand je reviens sur mes pas, le goéland m'accompagne. Les frères m'interrogent du regard. Peu importe qui est le Maître, je dis. Ce n'est pas aujourd'hui qu'on le mettra en terre.

Avouez, ça vous aurait plu d'enfouir le fantôme du Maître en lieu et place des pièces d'or volées. Du temps où le Maître et un certain Anderson faisaient les pirates sur la *Sarah*, après les guerres jacobites.

On peut à peine dire ce qui s'est passé parce que tout est allé trop vite. Zelda s'est endormie, exactement là où dormait Secunda Drass, devant la tente, dans le froid. AA a posé une fourrure sur son corps recroquevillé. Toute la bande s'est précipitée sur elle. Nelly a pleuré. Ziad se fichait bien du Maître et du passé. Une fois de plus, on a complètement oublié le trésor. Ron et Dick ont éparpillé au vent mauvais les morceaux de flanelle du bord du chapeau marqué du sang de l'homme. Les Anderson ont profité du bruit et de la joie pour filer. On ne les a jamais revus. Orondegui a immédiatement mis en doute leur existence. Zelda ne dira rien de ce qu'elle a peut-être compris, mais elle le répète à Ziad : les services de renseignements nationaux ont du souci à se faire.

Ziad a répondu au téléphone : Blanchett.

La crise cardiaque de Smithson a été provoquée par un poison puissant, a dit le premier flic de Plattsburgh.

Ziad partage l'info. Dick hoche la tête.

Ça vous donne une info ? a demandé Blanchett.

Pas nécessairement, a répondu Ziad.

Qui enlace Zelda.

J'ai faim, dit Nelly la première.

Flo et elle partent chasser. Elles ramènent une sorte de porc-épic qu'on dépouille de sa peau, de ses entrailles et qu'on fait griller sur la braise.

Paris, 1er janvier 2024, midi. Le chien Ariel, Nelly, Ziad et Zelda, Flo et Chuck partagent le même canapé et les mêmes paquets de chips.

Ziad : que voulaient les garçons, au juste ?

Recommencer, dit Zelda. Ils voulaient recommencer.

Quand l'homme à la cape, tout du portrait-robot imprimé à Caradoc par Beroco et Nathalie, filant sous les ciels transparents accrochés à la cime des monts les plus hauts, au pays des Adirondacks, s'est retourné lentement sur elle qui pensait *peu importe qui il est*, ce n'est pas lui qu'elle a vu. Elle lui ressemblait comme deux gouttes d'eau. Un double d'elle-même, rempli de rage et d'amour. Elle résistait à l'insoutenable désir de s'allonger là, dans la boue glacée du sentier d'entre les monts et les lacs. Elle fermait les yeux un instant. Quand elle les rouvrait, le soleil frappait derrière le feuillage persistant et roux d'un grand arbre qu'elle n'avait pas remarqué auparavant.

Comment elle est rentrée au campement ? Le goéland la guidait ? Il volait au-dessus d'elle, assez près pour qu'elle aperçoive le plumage soyeux de son ventre blanc ?

Ziad pianote sur son téléphone mobile. Nelly se pelotonne contre Ariel, Chuck ferme les yeux et chantonne *Running Up That Hill*, tandis que Zelda se plonge dans ses pensées.

Bayonne,
1er septembre 2023–31 décembre 2023

de la même autrice

Que s'est-il passé ?, Cheyne Éditeur, Devesset, 2003

Adèle, la scène perdue, Cheyne Éditeur, Devesset, 2005

Villa chagrin, Éditions Verdier, Lagrasse, 2006

Déplacements, Éditions Laurence Teper, Paris, 2007

Trois Meurtres, Cheyne éditeur, Devesset, 2008

André des ombres, Éditions Laurence Teper, Paris, 2008

Entre chagrin et néant – Audiences d'étrangers, Éditions Laurence Teper, Paris, 2009

Noces de Mantoue, Éditions Laurence Teper, Paris, 2009

L'Allée du bout du monde, Publie.net, Toulouse, 2010

La Langue maternelle, Cheyne Éditeur, Devesset, 2010

Ovide : d'Orphée à Achille, Éditions NOUS, Caen, 2011

Comment on expulse, responsabilités en miettes, Éditions du Croquant, Brignais, 2011

Des Métamorphoses, Cheyne éditeur, Devesset, 2012

À notre humanité, Quidam éditeur, Meudon, 2012

Le Fils de Judith, Cheyne éditeur, Devesset, 2014

Sanza Lettere, Éditions de l'Attente, Bordeaux, 2015

Cordelia la Guerre, Éditions de l'Ogre, Paris, 2015

Vie de HB, Éditions NOUS, Caen, 2016

Jours de répit à Baigorri, Créaphis, Grâne, 2016

Aquerò, Éditions de l'Ogre, Paris 2017

Traduction
des *Métamorphoses* d'Ovide, Éditions de l'Ogre, Paris, 2017

Épopée, Éditions de l'Ogre, Paris, 2018

Voir venir, avec Mathieu Potte-Bonneville, Stock, Paris, 2019

Les Enfants de l'Aurore, Fayard, Paris, 2019

Éléphantesque, Cheyne éditeur, Devesset, 2019

If, Éditions de l'Ogre, Paris, 2020

Comètes et perdrix, Éditions de l'Ogre, Paris, 2021

Des îles (Lesbos 2020 – Canaries 2021), Éditions de l'Ogre, Paris, 2021

Des îles (Îles des faisans 2021-2022), Éditions de l'Ogre, Paris, 2022

Nos corps pirogues, L'ire des marges, Bègles, 2022

Toi et ton frère, Sun/sun, Montpellier, 2023

Des îles (Mer d'Alborán 2023), Éditions de l'Ogre, Paris, 2024

disponibles aux éditions de l'Ogre

Maxime Actis
Ogre n°45 – *Ibrahim Qashoush*
Ogre n°56 – *Brutusses Brutus*

Max Blecher
Ogre n°1 – *Aventures dans l'irréalité immédiate*, suivi de *Cœurs cicatrisés* (trad. Elena Guritanu, préface de Claro, postface d'Hugo Pradelle)

Mathieu Brosseau
Ogre n°5 – *Data Transport*

Jeremie Brugidou
Ogre n° 41 – *Ici, la Béringie*

Gabriela Cabezón Cámara
Ogre n°33 – *Pleines de grâce* (trad. Guillaume Contré)
Ogre n°39 – *Les Aventures de China Iron* (trad. Guillaume Contré)
Ogre n°45 – *Tu as vu le visage de Dieu*, suivi de *Romance de la négresse blonde* (trad. Guillaume Contré)

Angela Carter
Ogre n°9 – *Les Machines infernales à désir du Dr. Hoffman* (trad. Maxime Berrée)

Ariadna Castellarnau
Ogre n°22 – *Brûlées* (trad. Guillaume Contré)
Ogre n°47 – *L'obscurité est un lieu* (trad. Guillaume Contré)

Claro
Ogre n°8 – *Comment rester immobile quand on est en feu*

Fabien Clouette
Ogre n°2 – *Quelques rides*
Ogre n°14 – *Le Bal des ardents*
Ogre n°44 – *Tombant*

Fabien Clouette & Quentin Leclerc
Ogre n°28 – *SPEEDBOAT – Manifeste pour une littérature révolutionnaire et illimitée*

Ricardo Colautti
Ogre n°18 – *La Trilogie Sebastiàn Dun* (trad. Guillaume Contré)

Marie Cosnay
Ogre n°7 – *Cordelia la guerre*
Ogre n°17 – *Aquerò*
Ogre n°24 – *Épopée*
Ogre n°32 – *If*
Ogre n°38 – *Comète et Perdrix*
Ogre n°43 – *Des îles 1*
Ogre n°50 – *Des îles 2*
Ogre n°54 – *Des îles 3*

Lucien Ganiayre
Ogre n°5 (Sirènes n°4) – *L'Orage et la loutre*

Adrien Girault
Ogre n°21 – *Rabot*
Ogre n°35 – *Monde ouvert*
Ogre n°53 – *Justin Coudures*

Amelia Gray
Ogre n°31 – *Menaces* (trad. Théophile Sersiron)
Ogre n°35 – *Cinquante façons de*

manger son amant (trad. Nathalie Bru)
OGRE N°49 – *Isadora* (trad. Nathalie Bru)

JASON HRIVNAK
OGRE N°15 (SIRÈNES N°3) – *La Maison des épreuves* (trad. Claro)
OGRE N°25 – *Le Chant de la mutilation* (trad. Claro)

PASI ILMARI JÄÄSKELÄINEN
OGRE N°12 – *Lumikko* (trad. Martin Carayol)

ARIANE JOUSSE
OGRE N°29 – *La Fabrique du rouge*

MIKE KLEINE
OGRE N°27 – *La Ferme des mastodontes* (trad. Quentin Leclerc)
OGRE N°40 – *Le Mont Arafat* (trad. Quentin Leclerc)

QUENTIN LECLERC
OGRE N°13 – *Saccage*
OGRE N°19 – *La ville fond*
OGRE N°42 – *Rivage au rapport*
OGRE N°55 – *Casca la couronnée*
GRÉGORY LE FLOCH
OGRE N°25 – *Dans la forêt du hameau de Hardt*

SAVINA DOLORES MASSA
OGRE N°4 – *Ma fille folie* (trad. Laurent Lombard)

MAURICE MOURIER
OGRE N°3 – *Dans la maison qui recule*
OGRE N°11 – *Par une forêt obscure*
OVIDE
OGRE N°20 – *Les Métamorphoses* (trad. Marie Cosnay)

LUCIEN RAPHMAJ
OGRE N°34 – *Capitale Songe*
OGRE N°51 – *Une météorite nommée désir*

ÉRIC RICHER
OGRE N°23 (SIRÈNES N°1) – *La Rouille*
OGRE N°37 – *Tiger*

SERGIO GONZÁLEZ RODRÍGUEZ
OGRE N°52 – *Les 43 d'Iguala (trad Guillaume Contré)*
SIRÈNES N°2 – *Des os dans le désert (trad. Isabelle Gugnon)*
SIRÈNES N°5 – *L'Homme sans tête (trad. Isabelle Gugnon)*

LUCIE TAÏEB
OGRE N°10 – *Safe*
OGRE N°31 – *Les Échappées*
OGRE N°48 – *Capitaine Vertu*

ROMAIN VERGER
OGRE N°15 – *Ravive*

Cet ouvrage a été achevé d'imprimer pour
le compte des éditions de l'Ogre par l'imprimerie
CPI, à Mesnil sur l'Estrée, en avril 2025.
Numéro d'impression : 184085
Dépot légal : juin 2025

TRÉ
SAL